許小明(Reika)主編

無師自通

學日語

萬里機構

無師自通學日語

主編
許小明（Reika）

編輯
吳春暉

美術統籌
羅美齡

美術設計
Nora Chung

排版
劉葉青　辛紅梅

出版者
萬里機構出版有限公司
香港北角英皇道 499 號北角工業大廈 20 樓
電話：2564 7511　　傳真：2565 5539
電郵：info@wanlibk.com
網址：http://www.wanlibk.com
　　　http://www.facebook.com/wanlibk

發行者
香港聯合書刊物流有限公司
香港荃灣德士古道 220-248 號荃灣工業中心 16 樓
電話：2150 2100　　傳真：2407 3062
電郵：info@suplogistics.com.hk
網址：http://www.suplogistics.com.hk

承印者
中華商務彩色印刷有限公司
香港新界大埔汀麗路 36 號

出版日期
二〇一七年三月第一次印刷
二〇二四年一月第四次印刷

本書原名《无师自通学日语——从入门到精通的 5 堂日语必修课》，本中文繁體字版
本經原出版者華東理工大學出版社授權在香港出版並在香港、澳門及台灣地區發行。

近年來，由於中日文化交流的不斷發展，越來越多的中國人希望通過學習日語去瞭解日本的流行文化，如日本的動漫、日本料理、音樂、遊戲等。日語學習者當中，有人想去日本自助旅行，有人想更加輕鬆地看懂日劇或聽懂日語歌曲，也有人是為了工作或學習的需要。無論是出於何種目的，對於希望利用業餘時間來學習日語的學習者來說，選擇一本簡單易學、實用、地道、全面的日語入門書十分重要。

為此，新世界圖書事業部專門為日語零起點的初學者編寫了本書，希望通過學習本書，學習者能夠輕鬆掌握日語的標準發音、常用詞彙、生活短句、日語句型、生活會話等。

本書共由五個部分組成：

發音 —— 完全掌握日語五十音

這一章重點介紹五十音，以簡單易懂的方式介紹日語每一個音的發音方式，並結合真人發音口形圖、側面口腔發音圖、羅馬音及練習，讓學習者輕鬆快速地掌握日語五十音的標準發音。此外，在這一章還詳細介紹了日語的基本發音規則。

詞彙 —— 高頻詞彙分類速記

這一章將日語的高頻詞彙分成「日語入門必背單詞」和「日常生活必用單詞」兩大部分。其中，「日語入門必背單詞」包含 630 個單詞，按照由易到難的規則，分成了六個階段來進行學習。每個階段包含必須要掌握的名詞、動詞、形容詞、副詞等。「日常生活必用單詞」包含 400 個單詞，按照日常生活的八大主題進行了分類歸納。所用單詞均配有羅馬音，以方便學習者根據自己的情況進行學習。

短句 —— 實用短句大搜羅

　　這一章一共介紹了生活中最常用的 100 個短句，按照類型分為八大主題。每一個短句都詳細介紹了用法，並通過情景對話讓學習者可在生活中更加靈活地加以運用。每一個短句後都配有羅馬音。

基本句型 —— 掌握句型、鞏固基礎

　　這一章主要介紹日語最基本的四種句子結構、基本助詞的用法以及四大句子類型。同時，本章按照使用功能精選了 100 個日語必備句型，對每個句型都從語法和應用的角度進行了說明和分析，並且配有多個例句，使學習者迅速掌握日語的句型。

生活常用句型、會話 —— 萬用句型、場景會話一網打盡

　　這一章包含 20 個大主題，60 個小主題。場景會話選取了出現頻率最高的生活場景，每一個場景裡都介紹了最常使用的句型、可套用的詞句以及場景小會話，幫助學習者熟悉日語的句式及日語會話的表達習慣，從而掌握地道的日語表達。

　　本書強調由淺入深，循序漸進，注重語言學習的科學性、實用性以及全面性。相信學習者可以在沒有老師的幫助下，通過自學輕鬆掌握日語。

許小明

目錄

CONTENTS

Lesson 3
第三堂課　實用短句大搜羅

Lesson 4
第四堂課 掌握句型、鞏固基礎

Lesson 5
第五堂課 萬用句型、場景會話一網打盡

第一堂課 完全掌握日語五十音

One

UNIT

1

日語文字與發音

一、日語的文字表記——假名和漢字

日本民族原本沒有自己的表記文字，直到中國的漢字傳到日本，日本利用中國的漢字創造了自己的文字。日語的文字是由假名和漢字組成的。

1·假名

假名包括平假名和片假名。平假名是從漢字的草書演變而來，片假名是取自漢字楷書的偏旁。例如，

平假名「あ」：從漢字「安」演變而來，

$$安 \rightarrow \textit{あ} \rightarrow あ$$

片假名「ア」：取自漢字「阿」左邊的偏旁，

$$阿 \rightarrow \mathcal{7} \rightarrow ア$$

片假名一般用來表記外來語和特殊詞滙。

2·漢字

❶ 日語漢字的字形

日語中有很多漢字，有些與漢語中的漢字相同，有些是形似但不完全相同。但是，日語中也有一些漢字是漢語中沒有的。例如，

與漢語同形的漢字：生活、日本、中国

與漢語形似的漢字：步、涼、冷

漢語中沒有的漢字：駅、畑、躾

❷ 日語漢字的意思

有些日語的漢字與漢語的意思相同或相近，但有些漢字的意思與漢語完全不同。因此，不能僅憑對漢語的理解，去理解日語漢字的意思。

二、日語的發音基礎

日語的發音基礎是下面的五十音圖。

五十音圖

		あ段		い段		う段		え段		お段
あ行	あ	ア	い	イ	う	ウ	え	エ	お	オ
か行	か	カ	き	キ	く	ク	け	ケ	こ	コ
さ行	さ	サ	し	シ	す	ス	せ	セ	そ	ソ
た行	た	タ	ち	チ	つ	ツ	て	テ	と	ト
な行	な	ナ	に	ニ	ぬ	ヌ	ね	ネ	の	ノ
は行	は	ハ	ひ	ヒ	ふ	フ	へ	ヘ	ほ	ホ
ま行	ま	マ	み	ミ	む	ム	め	メ	も	モ
や行	や	ヤ	い	イ	ゆ	ユ	え	エ	よ	ヨ
ら行	ら	ラ	り	リ	る	ル	れ	レ	ろ	ロ
わ行	わ	ワ	い	イ	う	ウ	え	エ	を	ヲ
	ん	ン								

上面的五十音圖中，橫向的稱為「行」，縱向的稱為「段」。每個平假名都有對應的片假名。由於「い」和「え」重複了三次，「う」重複了兩次，因此五十音圖其實只有46個假名。最後一個「ん」是撥音，其他的假名都是屬清音。其中，「あ」行的五個假名是元音。其他的假名都是由輔音與這五個元音拼合而成的。

日語的發音體系包括清音、濁音、半濁音、長音、促音、拗音。

UNIT
2

清音——五十音圖

1. あ行

平假名

あ

羅馬音：a

片假名

ア

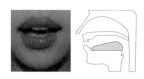

♪ 發音要領

mp3
01-001

　　發「あ」時，嘴巴張開較大，舌頭位置放得很低。振動聲帶，發出的聲音十分洪亮。

　　與漢語的「啊」發音相似，但一定不能發成感慨萬分或者打哈欠時嘴巴張得大大的「啊」。與輕輕應答別人時說的「好啊」的「啊」比較貼近。口形比發「啊」時小。

字形規則

「あ」的字形源於漢字「安」，「ア」源於漢字「阿」左邊的偏旁。

✎ 動手寫一寫

あ	あ	あ	あ					
ア	ア	ア						

🎙 讀一讀

mp3
01-002

遇見　日 あう　羅 [a u]　　愛　日 あい　羅 [a i]

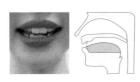

平假名

羅馬音：i

片假名

♪ 發音要領　　01-003

　　發「い」時，嘴脣略放鬆，向左右稍微咧開。前舌隆起，舌尖用力抵住下齒。振動聲帶，發出的聲音比較尖。

　　與漢語的「伊」發音相似，但是嘴脣沒有發「伊」時左右張得那麼寬。舌頭位置比發「伊」時要低。發「い」時，口形很小。

字形規則

「い」的字形源於漢字「以」，「イ」源於「伊」左邊的偏旁。

動手寫一寫

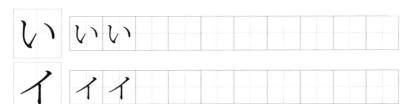

🎤 讀一讀　　01-004

説　日 いう 羅[iu]　　房子　日 いえ 羅[ie]

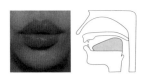

う

羅馬音：u

ウ

♪ 發音要領 01-005

　　發「う」時，嘴巴自然微張，嘴角向左右微拉。舌頭後部抬起，接近軟齶。振動聲帶，發出的聲音較弱。

　　與漢語的「烏」發音相似，但也有很大的不同。注意嘴脣不能像發「烏」那樣向前突出。發「烏」時口形比較圓，而發「う」時口型比較自然。

口 字形規則

　　「う」的字形源於漢字「宇」，「ウ」的字形源於「宇」的偏旁。

✎ 動手寫一寫

う	う	う						
ウ	ウ	ウ						

🎤 讀一讀 01-006

上面　日 うえ 羅 [u e]　　　買　日 かう 羅 [k a u]

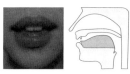

え | 平假名

羅馬音：e

エ | 片假名

mp3 01-007

♪ 發音要領

　　發「え」時，嘴唇稍微向左右方向咧開，口形介於「あ」與「い」之間。舌尖抵住下齒，舌面抬起。振動聲帶，聲音緊張。

　　漢語中沒有類似的發音，與口語中說的「好貴哎」中的語氣詞「哎」有點像。注意不要發成了漢語拼音的「ei」，只要發「ei」中「e」的音。

□ 字形規則

　　「え」的字形源於漢字「衣」，而「工」源於「江」的偏旁。

✎ 動手寫一寫

え	え	え									
エ	エ	エ	エ								

mp3 01-008

🎤 讀一讀

餌食　日 えさ　羅 [e sa]　　　前面　日 まえ　羅 [ma e]

平假名

お

羅馬音：o

片假名

オ

♪ 發音要領　　　mp3　01-009

　　發「お」時，嘴唇略成圓形，口形的大小介於「あ」與「う」之間。舌頭後部稍微向後縮。振動聲帶，聲音圓渾。

　　與漢語的「哦」發音相似，嘴唇沒有那麼圓，口形要小一點。注意千萬別發成了漢語拼音「ou」的音。

🔲 字形規則

　　「お」的字形源於漢字「於」，「オ」源於「於」左邊的偏旁。

✏️ 動手寫一寫

お	お	お	お							

オ	オ	オ	オ							

🎤 讀一讀　　　mp3　01-010

藍色　日 あお 羅 [a o]　　　外甥，侄子　日 おい 羅 [o i]

あ行假名的練習

🎤 讀一讀｜假名繞口令

mp3 01-011

1	あ	い	う	あ	え	お	あ	い	う	え	お
2	う	お	あ	い	え	あ	う	え	あ	お	い
3	い	え	お	い	う	あ	い	お	あ	う	え
4	え	お	あ	い	お	え	お	う	い	あ	え
5	ウ	エ	ア	ア	ウ	オ	イ	ウ	ア	オ	エ
6	オ	ウ	ア	イ	ウ	エ	ア	イ	ウ	イ	エ	ア	オ	エ
7	イ	エ	オ	ア	ウ	イ	オ	ア	ウ	イ	ア	オ	エ
8	エ	ア	イ	ウ	イ	オ	オ	ウ	イ	ア	エ

✏️ 寫一寫

（1）寫出對應的片假名

あ	い	う

お	え	あ

え	あ	お

（2）寫出對應的平假名

イ	オ	ア

ウ	ア	エ

オ	イ	ウ

（3）寫出對應的平假名或片假名

平假名	片假名	平假名	片假名
	アイ	いえ	
うお			ウエ
	アオ	おい	
いう			オウ

♪ 聽一聽｜選擇正確的假名組合   mp3 01-012

1	aあう	（ ）	bあえ	（ ）
2	aいえ	（ ）	bいお	（ ）
3	aうおあ	（ ）	bいおあ	（ ）
4	aあいえ	（ ）	bあうえ	（ ）
5	aおいえあ	（ ）	bおうえい	（ ）
6	aイア	（ ）	bウア	（ ）
7	aエオ	（ ）	bエウ	（ ）
8	aアイエ	（ ）	bウイエ	（ ）
9	aエアいう	（ ）	bイアいお	（ ）
10	aおいアエ	（ ）	bおうイエ	（ ）

背一背｜記假名，學單詞   mp3 01-013

1	あい	[ai]	愛	2	あう	[au]	遇見
3	いう	[iu]	説	4	いえ	[ie]	房子
5	いいあう	[iiau]	爭論	6	うえ	[ue]	上面
7	うお	[uo]	魚	8	え	[e]	畫
9	お	[o]	尾巴	10	おい	[oi]	外甥，侄子
11	おう	[ou]	追趕	12	あお	[ao]	藍色，青色

✎ 答案

寫一寫

（1）ア　イ　ウ；　オ　エ　ア；　エ　ア　オ
（2）い　お　あ；　う　あ　え；　お　い　う
（3）あい　ウオ　あお　イウ；　イエ　うえ　オイ　おう

聽一聽

1a　2b　3b　4a　5b　6a　7a　8b　9a　10a

2. か行

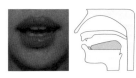

平假名

か

羅馬音：ka

カ

♪ 發音要領　mp3 01-014

「か」是由輔音「k」與元音「a」拼合而成。發「か」時，舌根緊貼軟齶，然後再很快離開，一股氣流沖出口腔，聲帶不振動。

與漢語的「咖」發音相似，但比發「咖」時口形要小，發音要輕。

字形規則

「か」的字形源於漢字「加」，「力」源於「加」左邊的偏旁。

動手寫一寫

か	か	か	か						
力	力	力							

讀一讀　mp3 01-015

臉　日 かお 羅 [ka o]　　墨魚　日 いか 羅 [ika]

平假名

き

羅馬音：ki

片假名

キ

♪ 發音要領　　

「き」是由輔音「k」與元音「i」拼合而成。發「き」時，舌根緊貼軟齶，然後再很快離開，一股氣流沖出口腔，聲帶不振動。

漢語中沒有類似的發音，可以先發「科」中「k」的音，然後再迅速發出「衣」的音。另外，「き」與英語單詞「key」（鑰匙）的發音也有點類似，但是要短促很多。

字形規則

「き」和「キ」的字形都是源於漢字「幾」。

動手寫一寫

き	き	き	き	き					
キ	キ	キ	キ						

🎤 讀一讀　　

北面　日 きた 羅[ki ta]　　　秋天　日 あき 羅[a ki]

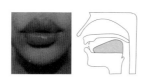

平假名

く

羅馬音：ku

片假名

ク

♪ 發音要領　mp3 01-018

　　「く」是由輔音「k」與元音「u」拼合而成。發「く」時，舌根緊貼軟齶，然後再很快離開，一股氣流沖出口腔，聲帶不振動。

　　與漢語的「枯」發音相似，但是嘴脣不能像發「枯」時那樣向前突出，口形比較自然。

🔲 字形規則

　　「く」的字形源於漢字「久」，「ク」源於「久」的左邊部分。

✏ 動手寫一寫

く	く							
ク	ク ク							

🎤 讀一讀　mp3 01-019

草 日 くさ 羅 [ku sa]　　去 日 いく 羅 [i ku]

平假名 ▶ け

羅馬音：ke

片假名 ▶ ケ

♪ 發音要領　　mp3 01-020

　　「け」由輔音「k」與元音「e」拼合而成。發「け」時，舌根緊貼軟齶，然後再很快離開，一股氣流沖出口腔，聲帶不振動。

　　漢語中沒有類似的發音，可以先發「科」中「k」的音，然後再迅速發出「哎」的音。

🔲 字形規則

　　「け」的字形源於漢字「計」，「ケ」源於「介」。

✏️ 動手寫一寫

け	け	け	け					
ケ	ケ	ケ	ケ					

🎤 讀一讀　　mp3 01-021

池塘　🈷 いけ 🈁 [i ke]　　護理　🈷 ケア 🈁 [ke a]

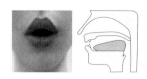

平假名

こ

羅馬音：ko

片假名

コ

♪ 發音要領

「こ」由輔音「k」與元音「o」拼合而成。發「こ」時，舌根緊貼軟齶，然後再很快離開，一股氣流沖出口腔，聲帶不振動。

漢語中沒有類似的發音，可以先發「科」中「k」的音，然後再迅速與「哦」的音拼合。注意不能發成漢語「kao」或「kou」的音。

🖳 字形規則

「こ」的字形源於漢字「己」，「コ」源於「己」的上半部分。

✎ 動手寫一寫

こ	こ	こ							
コ	コ	コ							

🎤 讀一讀

mp3
01-023

聲音　日 こえ　羅 [ko e]　　　過去　日 かこ　羅 [ka ko]

か行假名的練習

🎤 讀一讀｜假名繞口令　　 01-024

1	か	き	け	く	こ	か	か	き	く	け	こ
2	き	け	こ	か	こ	け	か	き	け	く	き
3	く	こ	け	こ	き	け	こ	か	け	く	か
4	け	き	か	く	け	こ	け	く	こ	き	か
5	コ	カ	キ	ケ	キ	ク	ク	ケ	コ	カ	キ
6	ク	コ	カ	キ	カ	ケ	ク	コ	カ	キ	ク
7	キ	ケ	コ	カ	キ	ク	ケ	コ	カ	キ	
8	カ	コ	ケ	コ	ク	ケ	コ	ク	キ	カ	

✏️ 寫一寫

（1）寫出對應的片假名

き	く	こ

け	か	く

こ	き	け

（2）寫出對應的平假名

コ	ケ	カ

ク	コ	キ

カ	ク	キ

（3）寫出對應的平假名或片假名

平假名	片假名	平假名	片假名
かう			コエ
	キク	いか	
えこ			イケ
	コイ	きうい	
きおく			ココ

♪ 聽一聽｜選擇正確的假名組合　mp3 01-025

1	a くこ	（　）		b くか	（　）
2	a きけ	（　）		b こけ	（　）
3	a かこく	（　）		b きこく	（　）
4	a くかき	（　）		b くけき	（　）
5	a こきかけ	（　）		b こくかき	（　）
6	a キコ	（　）		b クコ	（　）
7	a カケ	（　）		b カキ	（　）
8	a クカコ	（　）		b コカク	（　）
9	a けカコキ	（　）		b こカケキ	（　）
10	a コきケか	（　）		b コくキか	（　）

📖 背一背｜記假名，學單詞　mp3 01-026

1	かう	[ka u]	買
2	いか	[i ka]	烏賊，墨魚
3	きく	[ki ku]	聽；問
4	キウイ	[ki u i]	獼猴桃
5	きおく	[ki o ku]	記憶
6	ケア	[ke a]	護理
7	け	[ke]	毛
8	いけ	[i ke]	池塘
9	エコ	[e ko]	環保
10	こえ	[ko e]	聲音
11	こい	[ko i]	戀愛
12	ここ	[ko ko]	這裡

✏ 答案

寫一寫

（1）キ　ク　コ；ケ　カ　ク；コ　キ　ケ
（2）こ　け　か；く　こ　き；か　く　き
（3）カウ　きく　エコ　こい　キオク；
　　　こえ　イカ　いけ　キウイ　ここ

聽一聽

1b　2b　3a　4a　5b　6a　7b　8b　9a　10a

3. さ行

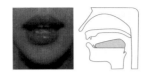

平假名 **さ**

羅馬音：sa

片假名 **サ**

♪ 發音要領　　mp3 01-027

　　「さ」是由輔音「s」與元音「a」拼合而成。發「さ」時，舌尖位於上齒齦內側，形成細縫，氣流從舌齒的細縫中流出，聲帶不振動。

　　與漢語的「撒」（第一聲）發音相似，但是口形要小，發音要輕。

▢ 字形規則

　　「さ」的字形源於漢字「左」，「サ」源於「散」左上方的部分。

✎ 動手寫一寫

さ	さ	さ	さ					
サ	サ	サ	サ					

🎤 讀一讀　　mp3 01-028

早上　日 あさ 羅 [a sa]　　　　傘　日 かさ 羅 [ka sa]

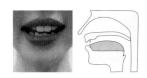

し _{平假名}

羅馬音：shi

シ _{片假名}

♪ 發音要領　mp3 01-029

　　發「し」時，嘴脣稍微向前伸。舌面隆起，接近上齶。氣流從舌面和上齶之間流出，聲帶不振動。

　　與漢語的「西」發音相似，但口形的左右方向沒有發「西」時那麼寬。注意發「し」時，舌尖不能碰到下齒。

字形規則

　　「し」和「シ」的字形都是源於漢字「之」。

動手寫一寫

| し | し | | | | | | | | | | | | | |
| シ | シ | シ | シ | | | | | | | | | | | |

🎤 讀一讀　mp3 01-030

下面　日 した　羅 [shi ta]　　　石頭　日 いし　羅 [i shi]

019

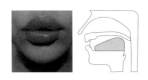

平假名

す

羅馬音：su

片假名

ス

♪ 發音要領　　mp3　01-031

　　「す」是由輔音「s」與元音「u」拼合而成。發「す」時，舌尖位於上齒齦內側，形成細縫，氣流從舌齒的細縫中流出，聲帶不振動。

　　漢語中沒有類似的發音，跟「絲」有點像，但是又有很大不同。元音部分的發音介於「絲」和「蘇」之間，嘴脣不能像發「蘇」那樣向前突出。

🔲 字形規則

　　「す」的字形源於漢字「寸」，「ス」源於「須」右邊的部分。

✏ 動手寫一寫

す	す	す							

ス	ス	ス							

🎤 讀一讀　　mp3　01-032

喜歡　日 すき 羅 [su ki]　　　消失　日 けす 羅 [ke su]

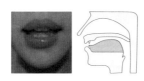

せ

羅馬音：se

セ

片假名

🎵 發音要領　　mp3 01-033

　　「せ」是由輔音「s」與元音「e」拼合而成。發「せ」時，舌尖位於上齒齦內側，形成細縫，氣流從舌齒的細縫中流出，聲帶不振動。

　　漢語中沒有類似的發音，可以先發輔音「s」，然後再發漢語拼音「ei」中「e」的音。

🔲 字形規則

　　「せ」的字形源於漢字「世」，「セ」源於「世」的一部分。

✏️ 動手寫一寫

せ	せ	せ	せ								

セ	セ	セ									

🎤 讀一讀　　mp3 01-034

世界　日 せかい　羅 [se ka i]　　汗　日 あせ　羅 [a se]

平假名

そ

羅馬音：so

片假名

ソ

mp3 01-035

　　「そ」是由輔音「s」與元音「o」拼合而成。發「そ」時，舌尖位於上齒齦內側，形成細縫，氣流從舌齒的細縫中流出，聲帶不振動。

　　漢語中沒有類似的發音，可以先發輔音「s」，然後再與「哦」的音拼合。注意嘴唇沒有發「哦」時那麼圓，口形要小一點。

字形規則

　　「そ」的字形源於漢字「曾」，「ソ」源於「曾」上面的偏旁。

動手寫一寫

そ	そ								
ソ	ソ	ソ							

mp3 01-036

謊言　日 うそ 羅 [u so]　　　天空　日 そら 羅 [so ra]

さ行假名的練習

🎤 讀一讀 | 假名繞口令

mp3 01-037

1	し	せ	さ	し	そ	さ	す	す
2	さ	し	せ	そ	せ	そ	す	し
3	す	し	し	そ	す	す	し	せ
4	せ	さ	さ	そ	し	し	す	そ
5	ソ	ス	セ	セ	サ	サ	シ	シ
6	サ	セ	ソ	シ	サ	ス	ス	ス
7	シ	ス	サ	ソ	シ	セ	セ	サ
8	ス	ソ	シ	セ	サ		ソ	サ

✏️ 寫一寫

(1) 寫出對應的片假名

し	す	そ

さ	そ	せ

し	す	そ

(2) 寫出對應的平假名

サ	ソ	セ

ソ	シ	ス

サ	ス	ソ

(3) 寫出對應的平假名或片假名

平假名	片假名	平假名	片假名
	アサ	うそ	
いす			セカイ
	スシ	かさ	
あし			アセ
	セキ	しあい	
すいか			ソシキ

♪ 聽一聽 | 選擇正確的假名組合　　mp3 01-038

1	a さし	(　)	b さす	(　)
2	a そせ	(　)	b そし	(　)
3	a しそす	(　)	b しせす	(　)
4	a そすせ	(　)	b そさせ	(　)
5	a さそしせ	(　)	b させすし	(　)
6	a スソ	(　)	b スセ	(　)
7	a サセ	(　)	b サソ	(　)
8	a スソシ	(　)	b セソス	(　)
9	a さセそス	(　)	b しセそサ	(　)
10	a スせシそ	(　)	b ソせシさ	(　)

▣ 背一背 | 記假名，學單詞　　mp3 01-039

1	あさ	[a sa]	早上	2	かさ	[ka sa]	傘
3	あし	[a shi]	腳	4	しあい	[shi a i]	比賽
5	すし	[su shi]	壽司	6	いす	[i su]	椅子
7	すいか	[su i ka]	西瓜	8	せかい	[se ka i]	世界
9	あせ	[a se]	汗	10	せき	[se ki]	座位
11	うそ	[u so]	謊言	12	そしき	[so shi ki]	組織

✎ 答案

寫一寫

(1) シ　ス　ソ；サ　ソ　セ；シ　ス　ソ
(2) さ　そ　せ；そ　し　す；さ　す　そ
(3) あさ　イス　すし　アシ　せき　スイカ；
　　ウソ　せかい　カサ　あせ　シアイ　そしき

聽一聽

1 a　2 a　3 a　4 b　5 b　6 a　7 b　8 b　9 a　10 b

4. た行

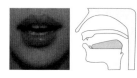

♪ 發音要領　 01-040

平假名

羅馬音：ta

片假名

　　「た」是由輔音「t」和元音「a」拼合而成。發「た」時，舌尖抵住上齒齦，形成阻塞，氣流從當中流出，聲帶不振動。

　　與漢語「它」的發音相似，但比發「它」時口形要小，發音要輕。

🔲 字形規則

　　「た」的字形源於漢字「太」，「夕」源於「多」的一部分。

✏ 動手寫一寫

た	た	た	た	た					
夕	夕	夕	夕						

🎤 讀一讀　01-041

站立　日 たつ 羅 [ta tsu]　　　下面　日 した 羅 [shi ta]

ち

羅馬音：chi

チ

🎵 發音要領 mp3 01-042

　　發「ち」時，舌尖抵住下齒。前舌面抵住上顎，形成阻塞，氣流從當中流出，聲帶不振動。

　　與漢語的「七」發音相似，但口形的左右方向沒有發「七」時那麼寬，前舌面與上顎相接的位置比發「七」時要更靠前。

字形規則

「ち」的字形源於漢字「知」的一部分，「チ」源於「千」。

動手寫一寫

ち	ち	ち								
チ	チ	チ	チ							

🎤 讀一讀 mp3 01-043

小氣　日 けち 羅 [ke chi]　　　街道　日 まち 羅 [ma chi]

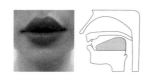

つ

羅馬音：tsu

ツ

♪ 發音要領

01-044

　　發「つ」時，舌尖抵住上齒齦，形成阻塞，氣流從舌尖和上齒齦的縫隙中流出，聲帶不振動。

　　漢語中沒有類似的發音，跟「疵」有點像，但是又有很大不同。元音部分的發音介於「疵」和「粗」之間，嘴唇不能像發「粗」那樣向前突出。

🖬 字形規則

　　「つ」和「ツ」的字形都是源於漢字「川」。

✎ 動手寫一寫

🎙 讀一讀

01-045

到達 日 つく 羅 [tsu ku]　　　何時 日 いつ 羅 [i tsu]

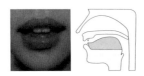

平假名 **て**

羅馬音：te

片假名 **テ**

♪ 發音要領　　01-046

　　「て」是由輔音「t」與元音「e」拼合而成。發「て」時，舌尖抵住上齒齦，形成阻塞，氣流從當中流出，聲帶不振動。

　　漢語中沒有類似的發音，與「忒（tei）」去掉「i」後的發音相似。

字形規則

　　「て」的字形源於漢字「天」，「テ」源於「天」的一部分。

動手寫一寫

て	て									
テ	テ	テ	テ							

🎤 讀一讀　　01-047

寺廟　目 てら　羅 [te ra]　　　地鐵　目 ちかてつ　羅 [chi ka te tsu]

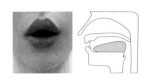

平假名

羅馬音：to

片假名

♪ 發音要領　**mp3** 01-048

　　「と」是由輔音「t」與元音「o」拼合而成。發「と」時，舌尖位於上齒齦內側，形成細縫，氣流從舌齒的細縫中流出，聲帶不振動。

　　漢語中沒有類似的發音，可以先發輔音「t」，然後再與「哦」的音拼合。注音嘴脣沒有發「哦」時那麼圓，口形要小一點。

🖼 字形規則

　　「と」的字形源於漢字「止」，「ト」源於「止」的一部分。

✏ 動手寫一寫

🎤 讀一讀　**mp3** 01-049

城市　日 とし　羅 [to shi]　　　外面　日 そと　羅 [so to]

た行假名的練習

🎤 讀一讀｜假名繞口令

mp3 01-050

1	た	て	つ	と	ち	つ	つ	て	た	ち
2	ち	て	と	て	た	つ	た	ち	て	と
3	て	ち	つ	ち	と	た	と	つ	て	た
4	と	た	て	つ	と	ち	ち	て	た	と
5	ツ	チ	ト	タ	チ	テ	テ	タ	チ	ツ
6	タ	テ	チ	テ	ト	ト	タ	ツ	テ	チ
7	チ	ツ	タ	チ	テ	ツ	ツ	ト	タ	テ
8	テ	ト	チ	タ	ツ	テ	チ	タ	ツ	ト

✏️ 寫一寫

（1）寫出對應的片假名

た	ち	と

て	た	つ

ち	つ	と

（2）寫出對應的平假名

チ	ト	ツ

ト	テ	タ

テ	タ	チ

（3）寫出對應的平假名或片假名

平假名	片假名	平假名	片假名
うたう			タカイ
	ツキ	けち	
ちかい			テキ
	アト	あちこち	
つくえ			チカテツ

♪ 聽一聽｜選擇正確的假名組合

mp3 01-051

1	a てち	（ ）	b とち	（ ）
2	a たつ	（ ）	b たて	（ ）
3	a ちつと	（ ）	b ちたと	（ ）
4	a とたて	（ ）	b つたて	（ ）
5	a とちてた	（ ）	b とてたち	（ ）
6	a テト	（ ）	b テタ	（ ）
7	a ツチ	（ ）	b テチ	（ ）
8	a チトテ	（ ）	b チツテ	（ ）
9	a タてツと	（ ）	b タちてつ	（ ）
10	a ちテつタ	（ ）	b ちタとツ	（ ）

▣ 背一背｜記假名，學單詞

mp3 01-052

1	うたう	[u ta u]	唱歌	2	たかい	[ta ka i]	高的
3	ちかい	[chi ka i]	近的	4	けち	[ke chi]	小氣
5	あちこち	[a chi ko chi]	到處	6	ちかてつ	[chi ka te tsu]	地鐵
7	つき	[tsu ki]	月亮	8	つくえ	[tsu ku e]	桌子
9	て	[te]	手	10	てき	[te ki]	敵人
11	とち	[to chi]	土地	12	あと	[a to]	後面

◆ 答案

寫一寫

(1) タ　チ　ト；テ　タ　ツ；チ　ツ　ト
(2) ち　と　つ；と　て　た；て　た　ち
(3) ウタウ　つき　チカイ　あと　ツクエ；
　　たかい　ケチ　てき　アチコチ　ちかてつ

聽一聽

1 b　2 b　3 a　4 a　5 b　6 a　7 a　8 b　9 a　10 b

5. な行

平假名

な

羅馬音：na

片假名

ナ

mp3
01-053

♪ 發音要領

「な」是由輔音「n」與元音「a」拼合而成。發「な」時，舌尖抵住上齒齦，前舌面貼住上齶，形成阻塞，氣流從鼻腔流出，振動聲帶。

將漢語第四聲的「那」發成第一聲之後，發音會有點相似。注意口形沒有發「那」時那麼大。

字形規則

「な」的字形源於漢字「奈」，「ナ」源於「奈」的上半部分。

動手寫一寫

な	な	な	な	な					
ナ	ナ	ナ							

mp3
01-054

🎤 讀一讀

洞　日 あな 羅 [a na]　　　梨　日 なし 羅 [na shi]

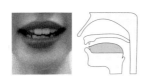

 平假名

羅馬音：ni

 片假名

♪ 發音要領　 01-055

　　「に」是由輔音「n」與元音「i」拼合而成。發「に」時，中舌面抵住上齶，形成阻塞，氣流從鼻腔流出，振動聲帶。

　　與漢語的「妮」發音相似，但口形的左右方向沒有發「妮」時那麼寬。與な行其他幾個假名的發音不同，發「に」時不是用前舌面抵住上齒齦，而是中舌面抵住上齶。

字形規則

　　「に」的字形源於漢字「仁」，「二」源於漢字「二」。

動手寫一寫

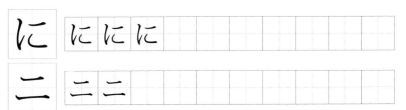

🎤 讀一讀　01-056

肉　日 にく 羅 [niku]　　海膽　日 うに 羅 [uni]

平假名

ぬ

羅馬音：nu

片假名

ヌ

♪ 發音要領

mp3 01-057

「ぬ」是由輔音「n」與元音「u」拼合而成。發「ぬ」時，舌尖抵住上齒齦，前舌面貼住上齶，形成阻塞，氣流從鼻腔流出，振動聲帶。

將漢語第二聲的「奴」發成第一聲後，發音會有點相似。注意嘴脣不能像發「奴」那樣向前突出。

字形規則

「ぬ」的字形源於漢字「奴」，「ヌ」源於「奴」的偏旁。

動手寫一寫

ぬ	ぬ	ぬ										
ヌ	ヌ	ヌ										

🎤 讀一讀

mp3 01-058

狗　日 いぬ 羅 [inu]　　死　日 しぬ 羅 [shinu]

034

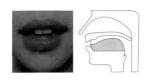

平假名

羅馬音：ne

片假名

mp3 01-059

♪ 發音要領

「ね」是由輔音「n」與元音「e」拼合而成。發「ね」時，舌尖抵住上齒齦，前舌面貼住上顎，形成阻塞，氣流從鼻腔流出，振動聲帶。

漢語中沒有類似的發音。將漢語的「內（nei）」發成第一聲，並去掉「i」的音之後，發音比較相似。

字形規則

「ね」的字形源於漢字「祢」，「ネ」源於「祢」的偏旁。

✎ 動手寫一寫

 ね　ね

 ネ　ネ　ネ　ネ

mp3 01-060

🎤 讀一讀

稻子　日 いね 羅 [i ne]　　貓　日 ねこ 羅 [ne ko]

平假名　の

羅馬音：no

片假名　ノ

♪ 發音要領　mp3 01-061

「の」是由輔音「n」與元音「o」拼合而成。發「の」時，舌尖抵住上齒齦，前舌面貼住上齶，形成阻塞，氣流從鼻腔流出，振動聲帶。

漢語中沒有類似的發音。可以先發輔音「n」，然後再與「哦」的音拼合。注音嘴脣沒有發「哦」時那麼圓，口形要小一點。

字形規則

「の」的字形源於漢字「乃」，「ノ」源於「乃」的一部分。

動手寫一寫

の	の	
ノ	ノ	

🎤 讀一讀　mp3 01-062

這個　日 この　羅 [ko no]　　　原野　日 のはら　羅 [no ha ra]

な行假名的練習

🎤 讀一讀｜假名繞口令

mp3 01-063

1	な	に	ね	ぬ	の	に	な	ぬ	の
2	に	の	ぬ	ね	な	の	ぬ	ね	な
3	の	ね	な	に	ぬ	ぬ	ね	ぬ	の
4	ぬ	ね	ね	ね	な	ね	の	に	ぬ
5	ニ	ナ	ノ	ヌ	ヌ	ヌ	ナ	ナ	に
6	ネ	ヌ	ナ	ニ	ニ	ニ	ネ	ネ	
7	ノ	ナ	ニ	ヌ	ヌ	ナ	ノ	ノ	
8	ナ	ヌ	ネ	ノ	ノ	ネ	ナ		

✏️ 寫一寫

（1）寫出對應的片假名

の	ね	な

に	ぬ	の

な	ね	に

（2）寫出對應的平假名

ナ	ヌ	ノ

ニ	ネ	ナ

ヌ	ニ	ナ

（3）寫出對應的平假名或片假名

平假名	片假名	平假名	片假名
	アニ	なつ	
なす			ニシ
	ヌク	かに	
いぬ			ヌノ
	ネコ	かね	
いなか			イノチ

♪ 聽一聽｜選擇正確的假名組合　　mp3 01-064

	a		b	
1	a なの（　）		b なに（　）	
2	a ぬね（　）		b のね（　）	
3	a になぬ（　）		b にねぬ（　）	
4	a のねに（　）		b ぬねに（　）	
5	a なにねぬ（　）		b ねになの（　）	
6	a ネノ（　）		b ニノ（　）	
7	a ヌナ（　）		b ネナ（　）	
8	a ノニネ（　）		b ノナネ（　）	
9	a ニなヌね（　）		b ねなヌに（　）	
10	a のネにナ（　）		b ぬネにノ（　）	

▣ 背一背｜記假名，學單詞　　mp3 01-065

1 なす［na su］茄子　2 いなか［i na ka］鄉下
3 なつ［na tsu］夏天　4 あに［a ni］哥哥
5 にし［ni shi］西邊　6 かに［ka ni］螃蟹
7 いぬ［i nu］狗　8 ぬく［nu ku］抽出，選出
9 ねこ［ne ko］貓　10 かね［ka ne］錢
11 ぬの［nu no］布　12 いのち［i no chi］生命

✎ 答案

寫一寫

（1）ノ　ネ　ナ；ニ　ヌ　ノ；ナ　ネ　ニ
（2）な　ぬ　の；に　ね　な；ぬ　に　な
（3）あに　ナス　ぬく　イヌ　ねこ　イナカ；
　　　ナツ　にし　カニ　ぬの　カネ　いのち

聽一聽

1a　2a　3b　4a　5b　6b　7b　8a　9b　10a

6. は行

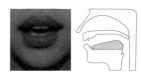

平假名

は

羅馬音：ha

片假名

ハ

🎵 發音要領　　mp3 01-066

「は」是由輔音「h」與元音「a」拼合而成。發「は」時，嘴巴自然張開，舌頭放平，氣流從舌根和軟齶之間流出，聲帶不振動。

與漢語第一聲的「哈」發音相似，但口形沒那麼大。注意「は」可以單獨作助詞，此時讀作「wa」，而不是「ha」。

📄 字形規則

「は」的字形源於漢字「波」，「ハ」源於「八」。

✏️ 動手寫一寫

は	は	は	は					
ハ	ハ	ハ						

🎤 讀一讀　　mp3 01-067

樹葉　日 このは　羅 [ko no ha]　　湖濱　日 はま　羅 [ha ma]

ひ

羅馬音：hi

ヒ

♪ 發音要領　mp3 01-068

　　發「ひ」時，嘴巴微張，向左右稍微咧開。舌面隆起，接近上顎。氣流從舌面與上顎之間流出，聲帶不振動。

　　漢語中沒有類似的發音，可以先發「呵」中「h」的音，然後再迅速發出「衣」的音。

字形規則

「ひ」的字形源於漢字的「比」，「ヒ」源於「比」的偏旁。

動手寫一寫

ひ	ひ					

ヒ	ヒ	ヒ				

🎤 讀一讀　mp3 01-069

人　日 ひと　羅 [hi to]　　　朝日　日 あさひ　羅 [a sa hi]

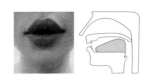

平假名

羅馬音：hu

片假名

♪ 發音要領 mp3 01-070

　　發「ふ」時，雙脣自然微張，上齒接近下脣，氣流從雙脣的縫隙中流出，聲帶不振動。

　　與漢語的「夫」有點相似，但是上齒一定不能碰到下脣，當中要留一條縫隙。

字形規則

　　「ふ」的字形源於漢字「不」，「フ」源於「不」的一部分。

✏ 動手寫一寫

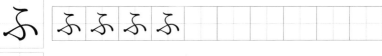

🎤 讀一讀 mp3 01-071

船 日 ふね 羅 [hu ne]　　　吹 日 ふく 羅 [hu ku]

平假名

羅馬音：he

片假名

♪ 發音要領　　mp3　01-072

　　「へ」是由輔音「h」與元音「e」拼合而成。發「へ」時，嘴巴自然張開，舌頭放平，氣流從舌根和軟齶之間流出，聲帶不振動。

　　漢語中沒有類似的發音。將漢語的「黑（hei）」去掉「i」的音之後，發音比較相似。注意「へ」可以單獨作助詞，此時讀作「e」，而不是「he」。

回 字形規則

「へ」和「へ」的字形都是源於漢字「部」。

✎ 動手寫一寫

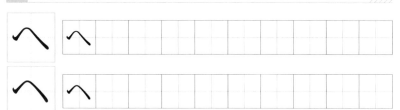

🎤 讀一讀　　mp3　01-073

肚臍　日 へそ　羅 [he so]　　　頭髮　日 ヘア　羅 [he a]

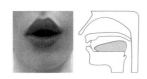

ほ

羅馬音：ho

ホ

♪ 發音要領　mp3　01-074

　　「ほ」是由輔音「h」與元音「o」拼合而成。發「ほ」時，嘴巴自然張開，舌頭放平，氣流從舌根和軟齶之間流出，聲帶不振動。

　　漢語中沒有類似的發音。可以先發輔音「h」，然後再與「哦」的音拼合。注意嘴唇沒有發「哦」時那麼圓，口形要小一點。

▣ 字形規則

　　「ほ」的字形源於漢字「保」，「ホ」源於「保」的右下部分。

✎ 動手寫一寫

ほ	ほ	ほ	ほ	ほ					
ホ	ホ	ホ	ホ	ホ					

🎤 讀一讀　mp3　01-075

其他　日 ほか　羅 [ho ka]　　　臉頰　日 ほお　羅 [ho o]

は行假名的練習

🎤 讀一讀｜假名繞口令　

1	ひ	は	ほ	ふ	は	へ	ほ	へ	ふ	ほ	へ
2	ふ	へ	ほ	ひ	へ	ほ	は	ひ	へ	は	ほ
3	は	へ	ひ	ふ	ほ	は	ひ	へ	ふ	ひ	は
4	へ	ひ	ふ	ほ	は	ひ	ふ	ほ	フ	フ	へ
5	ホ	ヒ	ハ	へ	ヘ	へ	ヒ	ホ	ヘ	ヘ	ホ
6	ヒ	フ	ホ	ヒ	フ	ヒ	フ	ヘ	ヒ	ヒ	ヒ
7	ハ	ハ	フ	ハ	フ	ハ	ヒ	ハ	ハ	ハ	ハ
8	へ	ホ	ヒ		フ	ヒ	ハ	フ			

✏️ 寫一寫

（1）寫出對應的片假名

ほ	へ	は	ふ	ひ	ほ	へ	は	ふ

（2）寫出對應的平假名

ヒ	フ	ホ	ハ	ヘ	ヒ	フ	ホ	ヒ

（3）寫出對應的平假名或片假名

平假名	片假名	平假名	片假名
はし			ハナ
	ヒト	ほね	
へあ			ホシ
	フク	ふかい	
ひたい			フタツ
	アサヒ	は	

♪ 聽一聽｜選擇正確的假名組合

mp3 01-077

1　a ふへ　　　（　）　　　b ふほ　　　（　）
2　a はひ　　　（　）　　　b ほひ　　　（　）
3　a ほへふ　　（　）　　　b はへふ　　（　）
4　a ひふは　　（　）　　　b ひほは　　（　）
5　a ひほはへ　（　）　　　b ふほへは　（　）
6　a ハヒ　　　（　）　　　b ハへ　　　（　）
7　a フホ　　　（　）　　　b ヒホ　　　（　）
8　a ヒヘハ　　（　）　　　b フへホ　　（　）
9　a ほヒはフ　（　）　　　b ふヒはホ　（　）
10　a ハほへふ　（　）　　　b ヒほへは　（　）

□ 背一背｜記假名，學單詞

mp3 01-078

1　は　　　[ha]　　　牙齒　　　2　はし　　　[ha shi]　筷子
3　はな　　[ha na]　花　　　　4　ひたい　　[hi ta i]　額頭
5　ひと　　[hi to]　　人　　　6　あさひ　　[a sa hi]　朝日
7　ふかい　[hu ka i]　深的　　8　ふく　　　[hu ku]　　吹
9　ふたつ　[hu ta tsu]　兩個　10　ヘア　　　[he a]　　頭髮
11　ほね　　[ho ne]　　骨頭　　12　ほし　　　[ho shi]　星星

✐ 答案

寫一寫

（1）ホ　ヘ　ハ；フ　ヒ　ホ；ヘ　ハ　フ
（2）ひ　ふ　ほ；は　へ　ひ；ふ　ほ　ひ
（3）ハシ　ひと　ヘア　ふく　ヒタイ　あさひ；
　　　はな　ホネ　ほし　フカイ　ふたつ　ハ

聽一聽

1a　2a　3b　4b　5b　6a　7b　8b　9a　10a

7. ま行

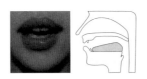

平假名

羅馬音：ma

片假名

♪ 發音要領　mp3 01-079

　　「ま」是由輔音「m」與元音「a」拼合而成。發「ま」時，雙唇閉緊，形成阻塞，舌頭保持自然，氣流從鼻腔流出，振動聲帶。

　　與漢語的「嗎」發音相似，但比發「嗎」時口形要小，發音要輕。

🔲 字形規則

　　「ま」的字形源於漢字「末」，「マ」源於「万」。

✏️ 動手寫一寫

| ま | ま | ま | ま | | | | | | | |

| マ | マ | マ | | | | | | | | |

🎤 讀一讀　mp3 01-080

馬　日 うま 羅 [u ma]　　島　日 しま 羅 [shi ma]

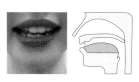

 平假名

羅馬音：mi

 片假名

♪ 發音要領　mp3　01-081

　　「み」是由輔音「m」與元音「i」拼合而成。發「み」時，雙脣閉緊，形成阻塞，舌頭保持自然，氣流從鼻腔流出，振動聲帶。

　　與漢語的「咪」發音相似，但是嘴脣沒有發「咪」時左右張得那麼寬。口形更小，發音更短促。

▣ 字形規則

　　「み」的字形源於漢字「美」，「ミ」源於「三」。

✎ 動手寫一寫

 みみ

 ミ ミ ミ

🎤 讀一讀　mp3　01-082

大海　日 うみ　羅 [u mi]　　　商店　日 みせ　羅 [mi se]

平假名

む

羅馬音：mu

片假名

ム

♪ 發音要領

「む」是由輔音「m」與元音「u」拼合而成。發「む」時，雙唇閉緊，形成阻塞，舌頭保持自然，氣流從鼻腔流出，振動聲帶。

將漢語第四聲的「木」發成第一聲後，發音有點相似。注意嘴唇不能像發「木」那樣向前突出。

🔲 字形規則

「む」的字形源於漢字「武」，「ム」源於「牟」的上面部分。

✏ 動手寫一寫

む	む	む	む					
ム	ム	ム						

🎤 讀一讀

擁擠　日 こむ 羅 [ko mu]　　喝　日 のむ 羅 [no mu]

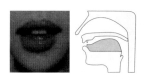

め

平假名

羅馬音：me

片假名

メ

♪ 發音要領　mp3 01-085

「め」是由輔音「m」與元音「e」拼合而成。發「め」時，雙唇閉緊，形成阻塞，舌頭保持自然，氣流從鼻腔流出，振動聲帶。

漢語中沒有類似的發音。將漢語的「妹（mei）」去掉「i」的音之後，發音比較相似。

字形規則

「め」的字形源於漢字「女」，「メ」源於「女」的一部分。

動手寫一寫

 め め

 メ メ

🎤 讀一讀　mp3 01-086

烏龜　日 かめ　羅 [ka me]　　　姪女，外甥女　日 めい　羅 [me i]

平假名 **も**

羅馬音：mo

片假名 **モ**

♪ 發音要領　　mp3　01-087

　　「も」是由輔音「m」與元音「o」拼合而成。發「も」時，雙唇閉緊，形成阻塞，舌頭保持自然，氣流從鼻腔流出，振動聲帶。

　　漢語中沒有類似的發音。可以先發輔音「m」，然後再與「哦」的音拼合。注意嘴唇沒有發「哦」時那麼圓，口形要小一點。

▢ 字形規則

　　「も」的字形源於漢字「毛」，「モ」源於「毛」的一部分。

✎ 動手寫一寫

も	も	も	も			
モ	モ	モ	モ			

🎤 讀一讀　　mp3　01-088

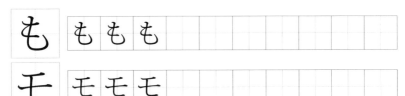

如果　日 もし 羅 [mo shi]　　　蜘蛛　日 くも 羅 [ku mo]

ま行假名的練習

mp3 01-089

🎤 讀一讀 | 假名繞口令

1	ま	み	む	ま	も	め	み	ま	も	め
2	み	も	む	め	も	ま	ま	み	も	も
3	も	み	む	み	ま	め	も	め	む	ま
4	む	ま	む	む	も	め	め	む	み	ミ
5	メ	ム	マ	ミ	マ	モ	ム	モ	マ	ム
6	マ	モ	メ	マ	ミ	ム	ミ	マ	モ	マ
7	モ	ミ	ム	マ	ム	マ	モ	メ	ミ	ミ
8	ミ	メ	モ	マ	モ	ミ	マ	モ	ム	

✏️ 寫一寫

（1）寫出對應的片假名

み	ま	む

も	め	ま

ま	め	も

（2）寫出對應的平假名

モ	ミ	メ

マ	ム	モ

ミ	マ	メ

（3）寫出對應的平假名或片假名

平假名	片假名	平假名	片假名
	ウマ	みみ	
あたま			ムシ
	カミ	さむい	
たたみ			コメ
	カモ	めも	
もち			ムスメ

♪ 聽一聽｜選擇正確的假名組合　　mp3 01-090

1	a まみ	（　）	b まも	（　）
2	a めむ	（　）	b まむ	（　）
3	a みもめ	（　）	b みむめ	（　）
4	a むみも	（　）	b むみま	（　）
5	a めまむも	（　）	b みまめも	（　）
6	a モミ	（　）	b メミ	（　）
7	a ムマ	（　）	b ムモ	（　）
8	a ミマメ	（　）	b ミマム	（　）
9	a まムもミ	（　）	b めムまミ	（　）
10	a メみむマ	（　）	b モみまム	（　）

▣ 背一背｜記假名，學單詞　　mp3 01-091

1	うま　［u ma］　馬	2	あたま［a ta ma］頭
3	かみ　［ka mi］　紙	4	たたみ［ta ta mi］榻榻米
5	みみ　［mi mi］　耳朵	6	むし　［mu shi］　蟲子
7	さむい［sa mu i］　冷的	8	こめ　［ko me］　米
9	むすめ［mu su me］女兒	10	かも　［ka mo］　鴨子
11	もち　［mo chi］　年糕	12	メモ　［me mo］　筆記

✏ 答案

寫一寫

（1）ミ　マ　ム；モ　メ　マ；マ　メ　モ
（2）も　み　め；ま　む　も；み　ま　め
（3）うま　アタマ　かみ　タタミ　かも　モチ；
　　　ミミ　むし　サムイ　こめ　メモ　むすめ

聽一聽

1a　2b　3b　4a　5a　6b　7b　8a　9b　10a

8. や行

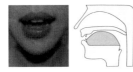

や 平假名

羅馬音：ya

ヤ 片假名

♪ 發音要領　mp3 01-092

　　「や」是由元音「i」與「a」複合而成，「i」的音發得輕一些。發「や」時，舌面隆起，接近上齶，氣流從舌面與上齶的縫隙中流出，振動聲帶。

　　與漢語的「呀」發音相似。注意口形沒有發「呀」時那麼大。

字形規則

　　「や」的字形源於漢字「也」，「ヤ」源於「也」的一部分。

動手寫一寫

や　や　や　や

ヤ　ヤ　ヤ

🎤 讀一讀　mp3 01-093

屋頂　日 やね 羅 [ya ne]　　　視野　日 しや 羅 [shi ya]

平假名 **ゆ**

羅馬音：yu

片假名 **ユ**

♪ 發音要領

mp3 01-094

　　「ゆ」是由元音「i」與「u」複合而成，「i」的音發得輕一些。發「ゆ」時，嘴巴自然微張，舌尖接近下齒，舌面稍微隆起。

　　漢語中沒有類似的發音。發「ゆ」時，嘴脣自然微張，不能太向前突出，注意不要發成漢語「you」的音。

▣ 字形規則

「ゆ」的字形源於漢字「由」，「ユ」源於「由」的一部分。

✎ 動手寫一寫

ゆ	ゆ	ゆ								
ユ	ユ	ユ								

🎤 讀一讀

mp3 01-095

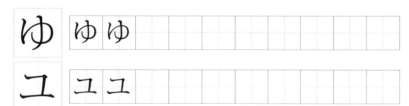

雪　日 ゆき 羅 [yu ki]　　夢想　日 ゆめ 羅 [yu me]

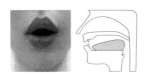

♪ 發音要領　**mp3** 01-096

「よ」是由元音「i」與「o」複合而成，「i」的音發得輕一些。發「よ」時，舌尖接近下齒，舌面稍微隆起，振動聲帶。

與漢語的「喲」發音相似，嘴脣沒有那麼圓，口形要小一點。

羅馬音：yo

平假名

片假名

字形規則

「よ」的字形源於漢字「与」，「ヨ」源於「与」的一部分。

動手寫一寫

よ	よ	よ						

ヨ	ヨ	ヨ						

🎤 讀一讀　**mp3** 01-097

餘暇　日 よか　羅 [yo ka]　　預測　日 よそく　羅 [yo so ku]

や行假名的練習

🎤 讀一讀｜假名繞口令

01-098

1	や	ま	い	か	ゆ	い	か	ま	や	ゆ	お
2	ゆ	と	さ	あ	や	し	は	や	い	め	よ
3	つ	よ	せ	ふ	ゆ	き	や	な	え	よ	む
4	た	や	つ	よ	み	け	さ	ゆ	や	ね	き
5	ユ	カ	イ	ス	ム	ヤ	ヨ	シ	ホ	サ	ユ
6	ム	ヤ	ミ	ヨ	フ	ケ	ユ	メ	ヤ	チ	ク
7	ヨ	シ	キ	ツ	ヤ	メ	ア	ユ	ユ	ニ	ネ
8	ア	ユ	ミ	フ	ヤ	セ	イ	ヨ	ソ	サ	ユ

✏️ 寫一寫

（1）寫出對應的平假名或片假名

平假名	片假名	平假名	片假名
はやい			イヤ
	ヤネ	やおや	
ふゆ			カユ
	ツヨイ	やさい	
よる			ヨコ
	オユ	ゆきやま	

🎵 聽一聽｜選擇正確的假名組合

01-099

1　a まゆ　　（　　）　　b まや　　（　　）
2　a よい　　（　　）　　b ゆい　　（　　）
3　a ゆかい　（　　）　　b やない　（　　）
4　a モヤシ　（　　）　　b モユシ　（　　）
5　a たユまヌ（　　）　　b なヤまネ（　　）

背一背｜記假名，學單詞

1	はやい	[ha ya i]	快的	2	やね	[ya ne]	屋頂
3	いや	[i ya]	討厭	4	やおや	[ya o ya]	果蔬店
5	やさい	[ya sa i]	蔬菜	6	ふゆ	[hu yu]	冬天
7	かゆ	[ka yu]	粥	8	おゆ	[o yu]	熱水，開水
9	ゆきやま	[yu ki ya ma]	雪山	10	よる	[yo ru]	夜晚
11	つよい	[tsu yo i]	強的	12	よこ	[yo ko]	旁邊

答案

寫一寫

（1）ハヤイ　やね　フユ　つよい　ヨル　おゆ；
　　　いや　ヤオヤ　かゆ　ヤサイ　よこ　ユキヤマ

聽一聽

1a　2a　3b　4a　5b

9. ら行

羅馬音：ra

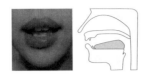

♪ 發音要領   mp3 01-101

　　「ら」是由輔音「r」與元音「a」拼合而成。發「ら」時，舌尖抵住上齒齦，再迅速彈開，振動聲帶。

　　與漢語「拉」的發音相似，但比發「拉」時口形要小，發音要輕。注意日語中輔音「r」的發音是與漢語中「l」的發音相似。

字形規則

　　「ら」的字形源於漢字「良」，「ラ」源於「良」的一部分。

動手寫一寫

🎤 讀一讀   mp3 01-102

輕鬆　日 らく　羅 [ra ku]　　　　韭菜　日 にら　羅 [ni ra]

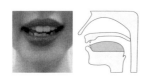

♪ 發音要領

mp3 01-103

「り」是由輔音「r」與元音「i」拼合而成。發「り」時，舌尖抵住上齒齦，再迅速彈開，振動聲帶。

與漢語「哩」的發音相似。但是嘴唇沒有發「哩」時左右張得那麼寬。口形更小，發音更短促。

羅馬音：ri

片假名

字形規則

「り」的字形源於漢字「利」，「リ」源於「利」的偏旁。

✎ 動手寫一寫

🎤 讀一讀

mp3 01-104

栗子 日 くり 羅 [ku ri]　　森林 日 もり 羅 [mo ri]

平假名 **る**

羅馬音：ru

片假名 **ル**

♪ 發音要領　　mp3 01-105

　　「る」是由輔音「r」與元音「u」拼合而成。發「る」時，舌尖抵住上齒齦，再迅速彈開，振動聲帶。

　　與漢語的「嚕」發音類似，但嘴脣不能像發「嚕」那樣向前突出。

□ 字形規則

　　「る」的字形源於漢字「留」，「ル」源於「流」的一部分。

✎ 動手寫一寫

| る | る | | | | | | | | |
| ル | ル | ル | | | | | | | |

🎤 讀一讀　　mp3 01-106

看　日 みる 羅 [mi ru]　　　晚上　日 よる 羅 [yo ru]

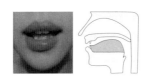

平假名

羅馬音：re

片假名

♪ 發音要領　mp3 01-107

　　「れ」是由輔音「r」與元音「e」拼合而成。發「れ」時，舌尖抵住上齒齦，再迅速彈開，振動聲帶。

　　漢語中沒有類似的發音。將漢語的「類（lei）」去掉「i」的音之後，發音比較相似。

🖽 字形規則

　　「れ」的字形源於漢字「禮」，「レ」源於「禮」的偏旁。

✏ 動手寫一寫

🎤 讀一讀　mp3 01-108

這個　日 これ 羅 [ko re]　　晚點　日 おくれ 羅 [o ku re]

平假名　ろ

羅馬音：ro

片假名　ロ

♪ 發音要領 　　01-109

「ろ」是由輔音「r」與元音「o」拼合而成。發「ろ」時，舌尖抵住上齒齦，再迅速彈開，振動聲帶。

漢語中沒有類似的發音。可以先發音「r」，然後再與「哦」的音拼合。注意嘴唇沒有發「哦」時那麼圓，口形要小一點。

字形規則

「ろ」的字形源於漢字「呂」，「ロ」源於「呂」的一部分。

動手寫一寫

讀一讀　　01-110

顏色　日 いろ 羅 [i ro]　　黑色　日 くろ 羅 [ku ro]

ら行假名的練習

🎤 讀一讀 | 假名繞口令

1	ら	れ	ろ	り	ら	る	ら	り	れ	ろ
2	ろ	り	ら	る	ろ	られ	り	れ	ろ	り	れ	ら
3	る	れ	ろ	られ	り	れ	り	れ	ろ	り	ろ	ら
4	り	れ	る	れ	り	り	る	り	ラ	ル	レ
5	レ	ラ	リ	ラ	リ	ル	ロ	ロ	リ	ロ	ラ	リ
6	ロ	レ	リ	レ	ル	リ	レ	リ	ロ	レ	ラ
7	ラ	ル	ロ	リ	ロ	レ	ラ	レ	リ	ラ
8	リ	ラ	ロ	ル	レ	リ	ロ	リ

✏️ 寫一寫

（1）寫出對應的片假名

ら	れ	り

る	ろ	れ

り	ら	ろ

（2）寫出對應的平假名

レ	ル .	ロ

ラ	リ	レ

ル	ロ	リ

（3）寫出對應的平假名或片假名

平假名	片假名	平假名	片假名
	ソラ	ひかり	
くすり			サクラ
	アリ	かえる	
れたす			ハレ
	ロク	しろ	
はる			カレ

♪　聽一聽｜選擇正確的假名組合

mp3 01-112

1	a らり	（　）	b れり	（　）
2	a るら	（　）	b ろら	（　）
3	a りれろ	（　）	b られろ	（　）
4	a らりる	（　）	b れりる	（　）
5	a りれらろ	（　）	b るれりろ	（　）
6	a ロリ	（　）	b ロレ	（　）
7	a レル	（　）	b リル	（　）
8	a リラレ	（　）	b ロラレ	（　）
9	a らルレリ	（　）	b らロレる	（　）
10	a レろるラ	（　）	b レりるロ	（　）

▣　背一背｜記假名，學單詞

mp3 01-113

1	そら	[so ra]	天空	2	さくら [sa ku ra]	櫻花
3	くすり	[ku su ri]	藥	4	ひかり [hi ka ri]	光
5	あり	[a ri]	螞蟻	6	かえる [ka e ru]	青蛙
7	はる	[ha ru]	春天	8	はれ [ha re]	晴天
9	かれ	[ka re]	他；男朋友	10	レタス [re ta su]	生菜
11	ろく	[ro ku]	六	12	しろ [shi ro]	白色

✎　答案

寫一寫

（1）ラ　レ　リ；ル　ロ　レ；リ　ラ　ロ
（2）れ　る　ろ；ら　り　れ；る　ろ　り
（3）そら　クスリ　あり　レタス　ろく　ハル；
　　　ヒカリ　さくら　カエル　はれ　シロ　かれ

聽一聽

1a　2b　3b　4a　5b　6a　7a　8b　9a　10a

10. 其他假名
——わ、を、ん

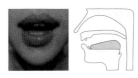

平假名

わ

羅馬音：wa

片假名

ワ

🎵 發音要領

01-114

「わ」是由元音「u」與元音「a」複合而成。發「わ」時，嘴脣微張，舌頭向後縮，振動聲帶。

與漢語的「哇」發音相似，但比發「哇」時口形要小，發音要輕。

字形規則

「わ」的字形源於漢字「和」，「ワ」源於「和」的一部分。

動手寫一寫

わ	わ	わ							
ワ	ワ	ワ							

🎤 讀一讀

01-115

院子　日 にわ 羅 [ni wa]　　　壞的　日 わるい 羅 [wa ru i]

を

羅馬音：wo

ヲ

♪ 發音要領　　　　　　mp3 01-116

　　「を」與元音「お」發音相同。發「を」時，嘴脣略成圓形，舌頭後部稍微向後縮，振動聲帶。

　　與漢語的「哦」發音相似，注意嘴脣沒有發「哦」時那麼圓，也沒有那麼向前突出。注意「を」不構成單詞，只作助詞使用。

🔲 字形規則

「を」的字形源於漢字「遠」，「ヲ」源於「乎」的一部分。

✏ 動手寫一寫

| を | を | を | を | | | | | | |
| ヲ | ヲ | ヲ | | | | | | | |

🎤 讀一讀　　　　　　mp3 01-117

唱歌　日 うたをうたう 羅 [u ta o u ta u]
寫字　日 じをかく 羅 [ji o ka ku]

平假名

羅馬音：n

片假名

♪ 發音要領　mp3 01-118

　　「ん」是撥音，發「ん」時，氣流從鼻腔流出，振動聲帶。

　　與漢語「嗯」的發音相似。注意「ん」一般不單獨使用，也不用於單詞的開頭。要接在其他假名的後面，和前面的音節拼合構成音節。

字形規則

　　「ん」的字形源於漢字「旡」，「ン」源於「尓」。

✐ 動手寫一寫

🎤 讀一讀　mp3 01-119

簡單　日 かんたん　羅 [kan tan]　　大家　日 みんな　羅 [min na]

濁音

在「か」「さ」「た」「は」這四行假名的右上角加上濁音符號「゛」來表示。

が	ガ	ぎ	ギ	ぐ	グ	げ	ゲ	ご	ゴ
ざ	ザ	じ	ジ	ず	ズ	ぜ	ゼ	ぞ	ゾ
だ	ダ	ぢ	ヂ	づ	ヅ	で	デ	ど	ド
ば	バ	び	ビ	ぶ	ブ	べ	ベ	ぼ	ボ

半濁音

在「は」行假名的右上角加上半濁音符號「゜」來表示。

ぱ	パ	ぴ	ピ	ぷ	プ	ぺ	ペ	ぽ	ポ

1. が行濁音

平假名 が ガ 片假名

羅馬音：ga

平假名 ぎ ギ 片假名

羅馬音：gi

平假名 ぐ グ 片假名

羅馬音：gu

平假名 げ ゲ 片假名

羅馬音：ge

平假名 ご ゴ 片假名

羅馬音：go

♪ 發音要領

「が」行濁音是由輔音「g」與五個元音拼合而成。發「が」行濁音時，舌後部抵住軟齶，振動聲帶。

📖 單詞練習

1	けが	[ke ga]	傷	2	ガス	[ga su]	煤氣
3	がけ	[ga ke]	懸崖	4	かぎ	[ka gi]	鑰匙
5	ギフト	[gi hu to]	禮物	6	ぎもん	[gi mon]	疑問
7	ぐあい	[gu a i]	情況	8	ぐたい	[gu ta i]	具體
9	げか	[ge ka]	外科	10	げんき	[gen ki]	精神，健康
11	ごはん	[go han]	飯	12	ごぜん	[go zen]	上午

2. ざ行濁音

平假名　ざ　ザ　片假名

羅馬音：za

平假名　じ　ジ　片假名

羅馬音：ji

平假名　ず　ズ　片假名

羅馬音：zu

平假名　ぜ　ゼ　片假名

羅馬音：ze

平假名　ぞ　ゾ　片假名

羅馬音：zo

♪ 發音要領 02-003

　　「ざ」行的「ざ」「ず」「ぜ」「ぞ」是由輔音「z」分別與元音「a」「u」「e」「o」拼合而成。發音時，舌尖抵在上下門牙之間，振動聲帶。「じ」是由輔音「j」與元音「i」拼合而成。

🔲 單詞練習 02-004

1	あざ	[a za]	痣	2	ししざ	[shi shi za]	獅子座
3	ざせき	[za se ki]	座位	4	ふざい	[hu za i]	不在
5	じこ	[ji ko]	事故	6	ふじさん	[hu ji san]	富士山
7	みず	[mi zu]	水	8	ちず	[chi zu]	地圖
9	しずく	[shi zu ku]	水滴	10	ゼロ	[ze ro]	零
11	かぞく	[ka zo ku]	家人	12	なぞ	[na zo]	謎

3. だ行濁音

平假名 だ ダ 片假名
羅馬音：da

平假名 ぢ ヂ 片假名
羅馬音：ji

平假名 づ ヅ 片假名
羅馬音：zu

平假名 で デ 片假名
羅馬音：de

平假名 ど ド 片假名
羅馬音：do

♪ 發音要領　 02-005

　　「だ」行的「だ」「で」「ど」是由輔音「d」分別與元音「a」「e」「o」拼合而成。發音時，舌尖抵在上下門牙之間，振動聲帶。
　　「ぢ」「づ」與「ざ」行的「じ」「ず」發音相同。

　　單詞練習　 02-006

1　だめ　　　［da me］　不行
2　かだい［ka dai］　課題
3　ねだん　［ne dan］　價格
4　だいく［dai ku］　木匠
5　ちぢむ　［chi ji mu］縮小
6　つづく［tsu zu ku］繼續
7　であい　［de ai］　邂逅
8　でぐち［de gu chi］出口
9　かでん　［ka den］　家用電器
10　まど　［ma do］　窗戶
11　アイドル［ai do ru］偶像
12　ドラマ［do ra ma］電視劇

4. ば行濁音

平假名 ば バ 片假名
羅馬音：ba

平假名 び ビ 片假名
羅馬音：bi

平假名 ぶ ブ 片假名
羅馬音：bu

平假名 べ ベ 片假名
羅馬音：be

平假名 ぼ ボ 片假名
羅馬音：bo

♪ 發音要領

「ば」行濁音是由輔音「b」與五個元音拼合而成。發「ば」行濁音時，雙唇閉攏，氣流從雙唇之間流出。

單詞練習

1	バス	[ba su]	公共汽車	2	そば	[so ba]	蕎麥麵
3	うりば	[u ri ba]	賣場	4	ことば	[ko to ba]	詞
5	ビザ	[bi za]	簽證	6	へび	[he bi]	蛇
7	テレビ	[te re bi]	電視	8	ぶか	[bu ka]	下屬
9	こんぶ	[kon bu]	海帶	10	うみべ	[u mi be]	海邊
11	ぼく	[bo ku]	我（男性用）	12	ぼんさい	[bon sa i]	盆栽

5. ぱ行半濁音

平假名 ぱ パ 片假名
羅馬音：pa

平假名 ぴ ピ 片假名
羅馬音：pi

平假名 ぷ プ 片假名
羅馬音：pu

平假名 ぺ ぺ 片假名
羅馬音：pe

平假名 ぽ ポ 片假名
羅馬音：po

♪ 發音要領

mp3
02-009

　　「ぱ」行半濁音是由輔音「p」與五個元音拼合而成。發「ぱ」行半濁音時，雙唇緊閉，氣流從雙唇衝破而出。

📖 單詞練習

mp3
02-010

1	パンダ	[pan da]	熊貓
2	パリ	[pa ri]	巴黎（地名）
3	かんぱい	[kan pa i]	乾杯
4	パソコン	[pa so kon]	電腦
5	ピアス	[pi a su]	耳環
6	ピアノ	[pi a no]	鋼琴
7	ぴかぴか	[pi ka pi ka]	閃閃發光
8	プロ	[pu ro]	專業，職業
9	ぺらぺら	[pe ra pe ra]	流利
10	ぺこぺこ	[pe ko pe ko]	肚子餓
11	さんぽ	[san po]	散步
12	たんぽぽ	[tan po po]	蒲公英

1. 長音

書寫規則

　　日語中一個假名代表一個短音，除了「ん」和「を」之外的假名都有對應的長音。長音的書寫規則如下。
　　あ段假名後面加「あ」。
　　い段假名後面加「い」。
　　う段假名後面加「う」。
　　え段假名後面加「い」，少數情況下加「え」。
　　お段假名後面加「う」，少數情況下加「お」。
　　外來語中的長音用「ー」表示。

發音要領

　　發長音時，把長音前面的假名讀長一拍，不能與前面的假名斷開來讀。

單詞練習

mp3
02-011

あ段長音：

おか<u>あ</u>さん	[o ka- san]	媽媽	おば<u>あ</u>さん	[o ba- san]	祖母
デパ<u>ー</u>ト	[de pa- to]	百貨商場	ギ<u>タ</u>ー	[gi ta-]	吉他
サ<u>ー</u>モン	[sa- mon]	三文魚	マ<u>ー</u>ク	[ma- ku]	標記

い段長音：

おじ<u>い</u>さん	[o ji- san]	祖父	に<u>い</u>さん	[ni- san]	哥哥
ち<u>い</u>さい	[chi- sa i]	小的	き<u>い</u>ろい	[ki- ro i]	黃色
ジ<u>ー</u>ンズ	[ji-n zu]	牛仔褲	チ<u>ー</u>ズ	[chi-zu]	奶酪

う段長音：

く<u>う</u>き	[ku- ki]	空氣	つ<u>う</u>やく	[tsu- ya ku]	口譯
す<u>う</u>じ	[su- ji]	數字	ム<u>ー</u>ド	[mu- do]	氣氛
プ<u>ー</u>ル	[pu- ru]	游泳池	ス<u>ー</u>ツ	[su- tsu]	西服套裝

え段長音：

えいご　　　[e- go]　　英語　　ねえさん　[ne- san]　　姐姐
ケータイ　[ke- ta i]　　手機　　カレー　　[ka re-]　　咖喱
ケーキ　　[ke- ki]　　蛋糕　　メール　　[me- ru]　　郵件

お段長音：

ケーキ　　[ke- ki]　　蛋糕　　メール　　[me- ru]　　郵件
おとうと　[o to- to]　　弟弟　　とおい　　[to- i]　　遠的
どうぶつ　[do- bu tsu]　動物　　ソース　　[so- su]　　沙司，調味汁
コート　　　[ko- to]　　大衣　　スポーツ　[su po- tsu]　運動

2. 促音

書寫規則

　　促音是一個頓挫的音節，一般發生在「か」「さ」「た」「ぱ」四行假名之前。促音用小寫偏右的「っ」表示，片假名單詞的促音用「ッ」表示。

♪ 發音要領

　　發促音時，發完促音前面的音節後，要先堵住氣流，形成短促的停頓，然後放開阻塞，使氣流急沖而出，再發後面的音節。注意促音也是一個音節，發音時佔一拍。

單詞練習

mp3　02-012

1　さっか　　　[sa k ka]　　作家　　2　がっこう　[ga k ko-]　　學校
3　コロッケ　[ko ro k ke]　炸肉餅　4　クッキー　[ku k ki-]　　曲奇餅乾
5　ざっし　　　[za s shi]　　雜誌　　6　ウオッチ　[u o c chi]　　手錶
7　きって　　　[ki t te]　　郵票　　8　ポケット　[po k ke to]　口袋
9　ベッド　　[be d do]　　床　　　10　はっぱ　　[ha p pa]　　葉子
11　コップ　　　[ko p pu]　　杯子　　12　しっぽ　　[shi p po]　　尾巴

3. 拗音

書寫規則

02-013

　　拗音是由除「い」之外的「い」段假名和「や」「ゆ」「よ」拼合起來的音節，是在「い」段假名（除「い」之外）的後面加上小寫偏右的「ゃ」「ゅ」「ょ」來表示。片假名單詞是用小寫偏右的「ャ」「ュ」「ョ」來表示。

　　如下表所示，拗音一共有 33 個。

拗音表

	平假名	片假名	羅馬字標音
	きゃ	キャ	kya
	ぎゃ	ギャ	gya
	しゃ	シャ	sha
	じゃ	ジャ	ja
	ちゃ	チャ	cha
や	にゃ	ニャ	nya
	ひゃ	ヒャ	hya
	びゃ	ビャ	bya
	ぴゃ	ピャ	pya
	みゃ	ミャ	mya
	りゃ	リャ	rya

	平假名	片假名	羅馬字標音
	きゅ	キュ	kyu
	ぎゅ	ギュ	gyu
	しゅ	シュ	shu
	じゅ	ジュ	ju
	ちゅ	チュ	chu
ゆ	にゅ	ニュ	nyu
	ひゅ	ヒュ	hyu
	びゅ	ビュ	byu
	ぴゅ	ピュ	pyu
	みゅ	ミュ	myu
	りゅ	リュ	ryu

	平假名	片假名	羅馬字標音
	きょ	キョ	kyo
	ぎょ	ギョ	gyo
	しょ	ショ	sho
	じょ	ジョ	jo
	ちょ	チョ	cho
よ	にょ	ニョ	nyo
	ひょ	ヒョ	hyo
	びょ	ビョ	byo
	ぴょ	ピョ	pyo
	みょ	ミョ	myo
	りょ	リョ	ryo

♪ 發音要領

　　在發拗音的時候，要把「い」段假名與「や」「ゆ」「よ」拼成一個音節，不能分開來讀。拗音也有對應的長音。在發拗長音的時候，口形保持不變，只需將前面的拗音拖長一拍即可。

　　「や」拗音的後面加「あ」構成長音，「ゆ」拗音的後面加「う」構成長音，「よ」拗音的後面加「う」構成長音。片假名的單詞在拗音的後面加長音符號「一」。

🔲 單詞練習

02-014

1	キャベツ	[kya be tsu]	捲心菜	2	ぎゅうにく	[gyu- ni ku]	牛肉
3	かしゅ	[ka shu]	歌手	4	チャーハン	[cha- han]	炒飯
5	ちゅうごく	[chu- go ku]	中國	6	てちょう	[te cho-]	記事本
7	メニュー	[me nyu-]	菜單	8	ひゃく	[hya ku]	一百
9	しゃしん	[sha shin]	照片	10	しゅうかん	[shu- kan]	習慣
11	ちょっかん	[cho k kan]	直覺	12	りょうり	[ryo- ri]	料理

第二堂課　高頻詞彙分類速記

two

STEP

 日語入門必背單詞 630

日語的詞性介紹

日語的詞性有以下幾種：名詞、代詞、數詞、動詞、イ形容詞、ナ形容詞、副詞、連體詞、接續詞、感歎詞、助詞。名詞、代詞、數詞被統稱為「體言」，而動詞、イ形容詞、ナ形容詞被統稱為「用言」。日語的大多數詞性與漢語的相同，但以下幾種詞性是與漢語不同的，或者漢語中所沒有的。

イ形容詞：與漢語的形容詞意義相似，用來描述事物的性質和狀態。イ形容詞有詞尾的變化。
日語的イ形容詞有一個特徵即都是以「い」結尾的。如：
うれしい（高興的）、寒い（寒冷的）、安い（便宜的）

ナ形容詞：與漢語的形容詞意義相似，也是用來描述事物的性質和狀態。ナ形容詞有詞尾的變化，且與イ形容詞的詞尾變化不同。

連體詞：後面要連接體言一起使用，用於說明體言的形態或程度。

助詞：用來表示詞與詞之間的關係等。日語中的助詞種類很多。

常用代詞

mp3

03-001

漢語	日語	羅馬音
我	私（わたし）	wa ta shi
我（男性）	僕（ぼく）	bo ku
你	あなた	a na ta
他	彼（かれ）	ka re
她	彼女（かのじょ）	ka no jo
這個	これ	ko re
那個（中稱）	それ	so re
那個（遠稱）	あれ	a re
這裡	ここ	ko ko
那裡（中稱）	そこ	so ko
那裡（遠稱）	あそこ	a so ko
哪個	どれ	do re
什麼	何（なに）	na ni
哪裡	どこ	do ko
誰	誰（だれ）	da re

常用名詞

漢語	日語	羅馬音
房子	家（いえ）	i e
房間	部屋（へや）	he ya
人	人（ひと）	hi to
米飯	ご飯（はん）	go han
水	水（みず）	mi zu
太陽	日（ひ）	hi
現在	今（いま）	i ma
門	ドア	do a
手機	ケータイ	ke-ta i
公交車	バス	ba su
車站	駅（えき）	e ki
電車	電車（でんしゃ）	den sha
學校	学校（がっこう）	ga k ko
紙	紙（かみ）	ka mi
傘	傘（かさ）	ka sa

漢語	日語	羅馬音
鑰匙	鍵（かぎ）	ka gi
電話	電話（でんわ）	den wa
今天	今日（きょう）	kyo-
學生	学生（がくせい）	ga ku se-
老師	先生（せんせい）	sen se-
錢	お金（かね）	o ka ne
早上	朝（あさ）	a sa
白天	昼（ひる）	hi ru
晚上	夜（よる）	yo ru
昨天	昨日（きのう）	ki no-
明天	明日（あした）	a shi ta
地鐵	地下鉄（ちかてつ）	chi ka te tsu
出租車	タクシー	ta ku shi-
汽車	車（くるま）	ku ru ma
票	切符（きっぷ）	ki p pu

常用動詞

漢語	日語	羅馬音
吃	食^たべる	ta be ru
喝	飲^のむ	no mu
休息	休^{やす}む	ya su mu
站立	立^たつ	ta tsu
起床	起^おきる	o ki ru
睡覺	寝^ねる	ne ru
說	話^{はな}す	ha na su
聽	聞^きく	ki ku
看	見^みる	mi ru
出去	出^でる	de ru
回來	帰^{かえ}る	ka e ru
進入	入^{はい}る	ha i ru
乘	乗^のる	no ru
坐	座^{すわ}る	su wa ru
等待	待^まつ	ma tsu

漢語	日語	羅馬音
拿	持つ	mo tsu
穿（衣服）	着る	ki ru
穿（鞋）	履く	ha ku
遇見	会う	a u
買	買う	ka u
使用	使う	tsu ka u
洗	洗う	a ra u
寫	書く	ka ku
讀	読む	yo mu
走路	歩く	a ru ku
住	住む	su mu
去	行く	i ku
跑	走る	ha shi ru
來	來る	ku ru
飛	飛ぶ	to bu

常用イ形容

03-004

漢語	日語	羅馬音
大的	大^{おお}きい	o- ki-
小的	小^{ちい}さい	chi- sa i
多的	多^{おお}い	o- i
少的	少^{すく}ない	su ku na i
高的，貴的	高^{たか}い	ta ka i
熱的	暑^{あつ}い	a tsu i
冷的	寒^{さむ}い	sa mu i
暖和的	暖^{あたた}かい	a ta ta ka i
涼爽的	涼^{すず}しい	su zu shi-
好的	いい	i i
低的	低^{ひく}い	hi ku i
寬的	広^{ひろ}い	hi ro i
窄的	狭^{せま}い	se ma i
壞的	悪^{わる}い	wa ru i
近的	近^{ちか}い	chi ka i

常用ナ形容詞 03-005

漢語	日語	羅馬音
喜歡	好き	su ki
討厭	嫌い	ki ra i
整潔，漂亮	きれい	ki re-
相同	同じ	o na ji
不行	だめ	da me
豐富	豊か	yu ta ka
熱鬧	賑やか	ni gi ya ka
平穩	穏やか	o da ya ka
明顯	明らか	a ki ra ka
不願意	いや	i ya
健康	元気	gen ki
任性	わがまま	wa ga ma ma
安靜	静か	shi zu ka
時尚	おしゃれ	o sha re
確切	確か	ta shi ka

UNIT
2

□ 常用名詞

必背單詞第 2 階

漢語	日語	羅馬音
飛機	飛行機（ひこうき）	hi ko- ki
火車	汽車（きしゃ）	ki sha
公司	会社（かいしゃ）	ka i sha
教室	教室（きょうしつ）	kyo- shi tsu
家庭作業	宿題（しゅくだい）	shu ku da i
書	本（ほん）	hon
鋼筆	ペン	pen
筆記本	ノート	no- to
大人	大人（おとな）	o to na
家庭，家人	家族（かぞく）	ka zo ku
名字	名前（なまえ）	na ma e
早飯	朝ご飯（あさ はん）	a sa go han
午飯	昼ご飯（ひる はん）	hi ru go han
晚飯	夕食（ゆうしょく）	yu- sho ku
茶	お茶（ちゃ）	o cha

漢語	日語	羅馬音
咖啡	コーヒー	ko- hi-
教科書	教科書 きょうかしょ	kyo- ka sho
電腦	パソコン	pa so kon
椅子	椅子 いす	i su
餐桌	テーブル	te- bu ru
包	かばん	ka ban
朋友	友だち とも	to mo da chi
小孩子	子ども こ	ko do mo
點心	お菓子 かし	o ka shi
香煙	タバコ	ta ba ko
杯子	コップ	ko p pu
上衣	上着 うわぎ	u wa gi
內衣	下着 したぎ	shi ta gi
大衣	コート	ko- to
扣子	ボタン	bo tan

常用動詞

漢語	日語	羅馬音
明白	わかる	wa ka ru
返還	返す	ka e su
做	作る	tsu ku ru
説	しゃべる	sha be ru
打開	開ける	a ke ru
外出	出かける	de ka ke ru
累	疲れる	tsu ka re ru
開始	始まる	ha ji ma ru
結束	終わる	o wa ru
記住	覚える	o bo e ru
忘記	忘れる	wa su re ru
玩	遊ぶ	a so bu
摔倒	転ぶ	ko ro bu
尋找	探す	sa ga su
放置	置く	o ku

漢語	日語	羅馬音
排列	並ぶ なら	na ra bu
扔	捨てる す	su te ru
拍照	撮る と	to ru
看	見る み	mi ru
有，在	ある	a ru
教	教える おし	o shi e ru
傳達	伝える つた	tsu ta e ru
下（車等）	降りる お	o ri ru
借	借りる か	ka ri ru
借出	貸す か	ka su
關	閉める し	shi me ru
下（雨等）	降る ふ	hu ru
學習	習う なら	na ra u
高興	喜ぶ よろこ	yo ro ko bu
享受	楽しむ たの	ta no shi mu

常用イ形容詞 03-008

漢語	日語	羅馬音
遠的	遠^{とお}い	to- i
長的	長^{なが}い	na ga i
短的	短^{みじか}い	mi ji ka i
重的	重^{おも}い	o mo i
有趣的	面白^{おもしろ}い	o mo shi ro i
吵鬧的	うるさい	u ru sa i
強的	強^{つよ}い	tsu yo i
弱的	弱^{よわ}い	yo wa i
早的	早^{はや}い	ha ya i
晚的	遅^{おそ}い	o so i
輕的	軽^{かる}い	ka ru i
便宜的	安^{やす}い	ya su i
年輕的	若^{わか}い	wa ka i
甜的	甘^{あま}い	a ma i
厲害的	すごい	su go i

常用ナ形容詞

漢語	日語	羅馬音
開朗	朗^{ほが}らか	ho ga ra ka
清爽	爽^{さわ}やか	sa wa ya ka
輕鬆	楽^{らく}	ra ku
健康	健康^{けんこう}	ken ko-
簡單	簡単^{かんたん}	kan tan
複雜	複雑^{ふくざつ}	hu ku za tsu
空閒	暇^{ひま}	hi ma
各種各樣	いろいろ	i ro i ro
足夠	結構^{けっこう}	ke k ko-
認真	真面目^{まじめ}	ma ji me
幸福	幸^{しあわ}せ	shi a wa se
擅長	上手^{じょうず}	jo- zu
不擅長	下手^{へた}	he ta
自由	自由^{じゆう}	ji yu-
充分	十分^{じゅうぶん}	ju- bun

常用副詞

03-010

漢語	日語	羅馬音
總是	いつも	i tsu mo
很多	たくさん	ta ku san
很，非常	とても	to te mo
經常	よく	yo ku
有時	ときどき	to ki do ki
偶爾	たまに	ta ma ni
馬上	すぐ	su gu
稍微	ちょっと	cho t to
有點	少^{すこ}し	su ko shi
大多	大抵^{たいてい}	ta i te-
漸漸	だんだん	dan dan
還，未	まだ	ma da
首先	まず	ma zu
已經	もう	mo-
更	もっと	mo t to

| 常用名詞 | | mp3 03-011 |

漢語	日語	羅馬音
鞋子	靴^{くつ}	ku tsu
襪子	靴下^{くつした}	ku tsu shi ta
被子	布団^{ふとん}	hu ton
鐘，表	時計^{とけい}	to ke-
時間	時間^{じかん}	ji kan
雜誌	雑誌^{ざっし}	za s shi
道路	道^{みち}	mi chi
地方	所^{ところ}	to ko ro
餐廳	レストラン	re su to ran
便當	弁当^{べんとう}	ben to-
蛋糕	ケーキ	ke-ki
麵包	パン	pan
購物袋	レジ袋^{ぶくろ}	re ji bu ku ro
環保袋	エコバッグ	e ko ba g gu
廚房	台所^{だいどころ}	da i do ko ro

漢語	日語	羅馬音
垃圾	ごみ	go mi
城，鎮	町 まち	ma chi
樓梯	階段 かいだん	ka i dan
紅綠燈	信号 しんごう	shin go-
司機	運転手 うんてんしゅ	un ten shu
便利店	コンビニ	kon bi ni
超市	スーパー	su- pa-
商店	店 みせ	mi se
詞典	辞書 じしょ	ji sho
天氣	天気 てんき	ten ki
晴天	晴れ は	ha re
月亮	月 つき	tsu ki
天空	空 そら	so ra
風	風 かぜ	ka ze
雨	雨 あめ	a me

常用動詞

漢語	日語	羅馬音
工作	働く	ha ta ra ku
停止	やめる	ya me ru
想，思考	考える	kan ga e ru
得到	もらう	mo ra u
出生	生まれる	u ma re ru
為難	困る	ko ma ru
生氣	怒る	o ko ru
動	動く	u go ku
貼	貼る	ha ru
剪，切	切る	ki ru
呼喊	呼ぶ	yo bu
付錢	払う	ha ra u
不同	違う	chi ga u
合適	似合う	ni a u
撿	拾う	hi ro u

漢語	日語	羅馬音
繼續	続く	tsu zu ku
倒下	倒れる	ta o re ru
留，剩下	残る	no ko ru
原諒	許す	yu ru su
選擇	選ぶ	e ra bu
運送	運ぶ	ha ko bu
前進	進む	su su mu
面對	向かう	mu ka u
笑	笑う	wa ra u
哭	泣く	na ku
吃驚	驚く	o do ro ku
繫，紮	結ぶ	mu su bu
踩，踏	踏む	hu mu
送	送る	o ku ru
流	流れる	na ga re ru

常用イ形容詞

03-013

漢語	日語	羅馬音
暗的	暗^{くら}い	ku ra i
明亮的	明^{あか}るい	a ka ru i
薄的	薄^{うす}い	u su i
厚的	厚^{あつ}い	a tsu i
忙的	忙^{いそが}しい	i so ga shi-
痛的	痛^{いた}い	i ta i
高興的	うれしい	u re shi-
危險的	危^{あぶ}ない	a bu na i
可笑的	おかしい	o ka shi-
辣的	辛^{から}い	ka ra i
可愛的	可愛^{かわい}い	ka wa i i
髒的	汚^{きたな}い	ki ta na i
可怕的	怖^{こわ}い	ko wa i
寂寞的	寂^{さび}しい	sa bi shi-
白的	白^{しろ}い	shi ro i

常用ナ形容詞

漢語	日語	羅馬音
安全	安全 あんぜん	an zen
嚴重	厳重 げんじゅう	gen ju-
高級	高級 こうきゅう	ko- kyu-
不禮貌	失礼 しつれい	shi tsu re-
親切，好心	親切 しんせつ	shin se tsu
安心	安心 あんしん	an shin
重要	大切 たいせつ	ta i se tsu
大幅度	大幅 おおはば	o o ha ba
出色	立派 りっぱ	ri p pa
方便	便利 べんり	ben ri
不方便	不便 ふべん	hu ben
不擅長	苦手 にがて	ni ga te
擅長	得意 とくい	to ku i
有名	有名 ゆうめい	yu- me-
普通	普通 ふつう	hu tsu-

常用副詞

漢語	日語	羅馬音
正好	ちょうど	cho- do
一定	きっと	ki t to
非常	非常に	hi jo- ni
最	最も	mo t to mo
筆直	まっすぐ	ma s su gu
所有	すべて	su be te
必須	必ず	ka na ra zu
相當	かなり	ka na ri
完全（不）	全然	zen zen
最	一番	i chi ban
好好地	ちゃんと	chan to
這樣地	こう	ko-
好好地	しっかり	shi k ka ri
慢慢地	ゆっくり	yu k ku ri
大部分	ほとんど	ho ton do

UNIT

4

常用名詞

必背單詞第 4 階

漢語	日語	羅馬音
身體	<ruby>体<rt>からだ</rt></ruby>	ka ra da
聲音	<ruby>声<rt>こえ</rt></ruby>	ko e
地板	<ruby>床<rt>ゆか</rt></ruby>	yu ka
牆壁	<ruby>壁<rt>かべ</rt></ruby>	ka be
報紙	<ruby>新聞<rt>しんぶん</rt></ruby>	shin bun
機場	<ruby>空港<rt>くうこう</rt></ruby>	ku- ko-
銀行	<ruby>銀行<rt>ぎんこう</rt></ruby>	gin ko-
運動	スポーツ	su po- tsu
特賣	セール	se- ru
工資	<ruby>給料<rt>きゅうりょう</rt></ruby>	kyu- ryo-
獎金	ボーナス	bo- na su
錢包	<ruby>財布<rt>さいふ</rt></ruby>	sa i hu
信	<ruby>手紙<rt>てがみ</rt></ruby>	te ga mi
郵件	メール	me- ru
記事本	<ruby>手帳<rt>てちょう</rt></ruby>	te cho-

漢語	日語	羅馬音
鹽	塩 しお	shi o
音樂	音楽 おんがく	on ga ku
電影	映画 えいが	e- ga
電視劇	ドラマ	do ra ma
工作	仕事 しごと	shi go to
價格	価格 かかく	ka ka ku
物價	物価 ぶっか	bu k ka
零錢	おつり	o tsu ri
砂糖	砂糖 さとう	sa to-
醬油	醤油 しょうゆ	sho- yu
樹	木 き	ki
樹葉	木の葉 こ は	ko no ha
草	草 くさ	ku sa
草地	芝生 しばふ	shi ba hu
花	花 はな	ha na

常用動詞

漢語	日語	羅馬音
打	打つ	u tsu
吹	吹く	hu ku
贏	勝つ	ka tsu
唱歌	歌う	u ta u
跳舞	踊る	o do ru
邀請	誘う	sa so u
生存	生きる	i ki ru
死	死ぬ	shi nu
改正	直る	na o ru
接受	受ける	u ke ru
決定	決める	ki me ru
扔，投	投げる	na ge ru
擦，刷	磨く	mi ga ku
到	届く	to do ku
鳴叫	鳴く	na ku

mp3
03-017

漢語	日語	羅馬音
吸	吸う	su u
想	思う	o mo u
迷失，迷惑	迷う	ma yo u
趕得上	間に合う	ma ni a u
幫忙	手伝う	te tsu da u
拜託	頼む	ta no mu
搬家	引っ越す	hi k ko su
帶，領	連れる	tsu re ru
迎接	迎える	mu ka e ru
調查	調べる	shi ra be ru
收拾	片付ける	ka ta zu ke ru
上，升	上がる	a ga ru
推，壓	押す	o su
弄丟	落とす	o to su
生活	暮らす	ku ra su

常用イ形容詞

漢語	日語	羅馬音
黑的	黒い	ku ro i
紅的	赤い	a ka i
青的，綠的	青い	a o i
開心的	楽しい	ta no shi-
舊的	古い	hu ru i
細的	細い	ho so i
想要	欲しい	ho shi-
難吃；不好	まずい	ma zu i
苦的	苦い	ni ga i
困的	眠い	ne mu i
快的	速い	ha ya i
新的	新しい	a ta ra shi-
圓的	丸い	ma ru i
容易的	易しい	ya sa shi-
難的	難しい	mu zu ka shi-

常用ナ形容詞

漢語	日語	羅馬音
絕對	絶対 （ぜったい）	ze t ta i
沒關係	大丈夫 （だいじょうぶ）	da i jo- bu
老實	素直 （すなお）	su na o
主要	主 （おも）	o mo
愚蠢	ばか	ba ka
相反	反対 （はんたい）	han ta i
幸運	幸い （さいわ）	sa i wa i
優秀	優秀 （ゆうしゅう）	yu- shu-
遺憾	残念 （ざんねん）	zan nen
重要	重要 （じゅうよう）	ju- yo-
突然	突然 （とつぜん）	to tsu zen
熱心	熱心 （ねっしん）	ne s shin
適當	適当 （てきとう）	te ki to-
困難	困難 （こんなん）	kon nan
夠嗆	大変 （たいへん）	ta i hen

📄 常用副詞

漢語	日語	羅馬音
更加	更<ruby>に<rt>さら</rt></ruby>	sa ra ni
當然	もちろん	mo chi ron
務必	ぜひ	ze hi
就，馬上	そろそろ	so ro so ro
清楚，明確	はっきり	ha k ki ri
終於	やっと	ya t to
還是，仍然	やはり	ya ha ri
暫時；不久	しばらく	shi ba ra ku
大概	たぶん	ta bun
特別	特<ruby>に<rt>とく</rt></ruby>	to ku ni
首先	とりあえず	to ri a e zu
相當，很	なかなか	na ka na ka
完全	すっかり	su k ka ri
一直	ずっと	zu t to
難得	せっかく	se k ka ku

常用名詞

mp3
03-021

必背單詞第5階

漢語	日語	羅馬音
座位	席（せき）	se ki
床	ベッド	be d do
窗簾	カーテン	ka- ten
肉	肉（にく）	ni ku
蔬菜	野菜（やさい）	ya sa i
口香糖	ガム	ga mu
心情	気持ち（きもち）	ki mo chi
笑臉	笑顔（えがお）	e ga o
興趣	興味（きょうみ）	kyo- mi
家鄉	故郷（ふるさと）	hu ru sa to
都市	都市（とし）	to shi
鄉下	田舎（いなか）	i na ka
大自然	自然（しぜん）	shi zen
大海	海（うみ）	u mi
河	川（かわ）	ka wa

漢語	日語	羅馬音
池塘	池 いけ	i ke
眼淚	涙 なみだ	na mi da
傷	傷 きず	ki zu
疾病	病気 びょう き	byo- ki
事故	事故 じ こ	ji ko
戀人	恋人 こいびと	ko i bi to
想法	考え かんが	kan ga e
意見	意見 い けん	i ken
派對	パーティー	pa- ti-
世界	世界 せ かい	se ka i
外國	外国 がいこく	ga i ko ku
旅行	旅行 りょこう	ryo ko-
護照	パスポート	pa su po- to
禮物；土特產	お土産 みやげ	o mi ya ge
照片	写真 しゃしん	sha shin

常用動詞

漢語	日語	羅馬音
需要，花費	かかる	ka ka ru
知道	知る	shi ru
回來	戻る	mo do ru
輸，比不上	負ける	ma ke ru
賣	売る	u ru
壞	壊れる	ko wa re ru
增加	増える	hu e ru
減少	減る	he ru
出現	現れる	a ra wa re ru
給予	与える	a ta e ru
改變	変える	ka e ru
收集，彙集	集める	a tsu me ru
幫助	助ける	ta su ke ru
離別；分手	別れる	wa ka re ru
胖	太る	hu to ru

漢語	日語	羅馬音
瘦	痩せる	ya se ru
守護	守る	ma mo ru
離開，分離	離れる	ha na re ru
分配	配る	ku ba ru
流行	流行る	ha ya ru
擴大，擴展	広がる	hi ro ga ru
旋轉	回る	ma wa ru
逃	逃げる	ni ge ru
交給，託付	任せる	ma ka se ru
睡覺	眠る	ne mu ru
感覺	感じる	kan ji ru
取，拿	取る	to ru
通過	通る	to- ru
責備	叱る	shi ka ru
表揚	褒める	ho me ru

常用イ形容詞

漢語	日語	羅馬音
悶熱	蒸し暑い	mu shi a tsu i
淺的	浅い	a sa i
深的	深い	hu ka i
硬，堅硬	固い	ka ta i
嚴厲的	厳しい	ki bi shi-
臭的	臭い	ku sa i
煙氣熏人	煙い	ke mu i
詳細的	詳しい	ku wa shi-
偉大，了不起	偉い	e ra i
羨慕	羨ましい	u ra ya ma shi-
可怕的	恐ろしい	o so ro shi-
悲傷的	悲しい	ka na shi-
鹹的	塩辛い	shi o ka ra i
沒辦法	しかたない	shi ka ta na i
親密的	親しい	shi ta shi-

03-024

漢語	日語	羅馬音
優雅	上品（じょうひん）	jo- hin
粗俗	下品（げひん）	ge hin
樸素	地味（じみ）	ji mi
花哨	派手（はで）	ha de
天真無邪	無邪気（むじゃき）	mu ja ki
奢侈	贅沢（ぜいたく）	ze- ta ku
粗略	大まか（おお）	o- ma ka
相反	逆（ぎゃく）	gya ku
簡單	シンプル	shin pu ru
帥	ハンサム	han sa mu
獨特	ユニーク	yu ni- ku
使壞，刁難	意地悪（いじわる）	i ji wa ru
漂亮，極好	素敵（すてき）	su te ki
粗糙	粗末（そまつ）	so ma tsu
禮貌；周到	丁寧（ていねい）	te- ne-

常用副詞 03-025

漢語	日語	羅馬音
彷彿	まるで	ma ru de
儘量	できるだけ	de ki ru da ke
很,實在	どうも	do- mo
這樣地	こんなに	kon na ni
全部	全部	zen bu
另外,其他	そのほか	so no ho ka
就那樣	そのまま	so no ma ma
怎麼,如何	どう	do-
那樣地	そんなに	son na ni
多麼	どんなに	don na ni
實際	実際に	ji s sai ni
其實	実は	ji tsu wa
為什麼	なぜ	na ze
完全	まったく	ma t ta ku
如果	もし	mo shi

UNIT 6

必背單詞第6階

🖼 常用名詞

漢語	日語	羅馬音
相冊	アルバム	a ru ba mu
明信片	葉書 <small>は がき</small>	ha ga ki
卡	カード	ka- do
顏色	色 <small>いろ</small>	i ro
形狀	形 <small>かたち</small>	ka ta chi
數量	數 <small>かず</small>	ka zu
習慣	習慣 <small>しゅうかん</small>	shu- kan
愛好	趣味 <small>しゅ み</small>	shu mi
聯絡	連絡 <small>れんらく</small>	ren ra ku
動物	動物 <small>どうぶつ</small>	do- bu tsu
植物	植物 <small>しょくぶつ</small>	sho ku bu tsu
旁邊；隔壁	隣 <small>となり</small>	to na ri
寒暄	挨拶 <small>あいさつ</small>	a i sa tsu
附近，周圍	辺り <small>あた</small>	a ta ri
行李	荷物 <small>に もつ</small>	ni mo tsu

漢語	日語	羅馬音
玩具	おもちゃ	o mo cha
計劃	計画 けいかく	ke- ka ku
玩笑	冗談 じょうだん	jo- dan
前輩；學長	先輩 せんぱい	sen pa i
晚輩；後生	後輩 こうはい	ko- ha i
自信	自信 じしん	ji shin
夢；夢想	夢 ゆめ	yu me
報告	報告 ほうこく	ho- ko ku
玩偶	人形 にんぎょう	nin gyo-
禮物	プレゼント	pu re zen to
漫畫	漫画 まんが	man ga
衣服	洋服 ようふく	yo- hu ku
菜，菜肴	料理 りょうり	ryo- ri
賣場	売り場 うば	u ri ba
溫泉	温泉 おんせん	on sen

常用動詞

漢語	日語	羅馬音
承認，認可	認^{みと}める	mi to me ru
晚，遲到	遲^{おく}れる	o ku re ru
毆打	殴^{なぐ}る	na gu ru
拒絕	断^{ことわ}る	ko to wa ru
脫	脱^ぬぐ	nu gu
（花）開	咲^さく	sa ku
游泳	泳^{およ}ぐ	o yo gu
趕緊，快	急^{いそ}ぐ	i so gu
到達	着^つく	tsu ku
熄滅；關掉	消^けす	ke su
擁擠	込^こむ	ko mu
比較	比^{くら}べる	ku ra be ru
沉默	黙^{だま}る	da ma ru
被抓住	捕^{つか}まる	tsu ka ma ru
找到	見^みつける	mi tsu ke ru

漢語	日語	羅馬音
裝飾	飾^{かざ}る	ka za ru
陰天	曇^{くも}る	ku mo ru
數，計算	数^{かぞ}える	ka zo e ru
足，夠	足^たりる	ta ri ru
發光	光^{ひか}る	hi ka ru
經過；過去	過^すぎる	su gi ru
停；停止	止^とまる	to ma ru
爬，攀登	登^{のぼ}る	no bo ru
道歉	謝^{あやま}る	a ya ma ru
慌張	慌^{あわ}てる	a wa te ru
滑	滑^{すべ}る	su be ru
曠課	サボる	sa bo ru
形成；能	できる	de ki ru
碰，撞	ぶつかる	bu tsu ka ru
弄錯	間違^{まちが}える	ma chi ga e ru

常用イ形容詞   03-028

漢語	日語	羅馬音
正確的	正しい	ta da shi-
精彩的	素晴らしい	su ba ra shi-
害羞，難為情	恥ずかしい	ha zu ka shi-
痛苦的	つらい	tsu ra i
少見的，罕見的	珍しい	me zu ra shi-
溫柔的	優しい	ya sa shi-
柔軟的	柔らかい	ya wa ra ka i
可惜，浪費	もったいない	mo t ta i na i
倦乏	だるい	da ru i
令人懷念的	懐かしい	na tsu ka shi-
艱苦的	苦しい	ku ru shi-
累人的	きつい	ki tsu i
老實的	大人しい	o to na shi-
酸	すっぱい	su p pa i
廣泛的	幅広い	ha ba hi ro i

常用ナ形容詞

漢語	日語	羅馬音
簡便	手軽 てがる	te ga ru
奇怪	変 へん	hen
另外	別 べつ	be tsu
入迷	夢中 むちゅう	mu chu-
精彩，出色	見事 みごと	mi go to
柔軟，柔和	柔らか やわ	ya wa ra ka
粗魯	乱暴 らんぼう	ran bo-
真的	本当 ほんとう	hon to-
徒勞，浪費	無駄 むだ	mu da
可憐	可哀相 かわいそう	ka wa i so-
歪，斜	斜め なな	na na me
華麗	華やか はな	ha na ya ka
嚴重	深刻 しんこく	shin ko ku
結實	丈夫 じょうぶ	jo- bu
合算	得 とく	to ku

常用接續詞

 03-030

漢語	日語	羅馬音
但是	でも	de mo
然後，於是	そして	so shi te
今後，以後	これから	ko re ka ra
或者	あるいは	a ru i wa
但是	しかし	shi ka shi
另一方面	一方	i p po-
那麼	では	de wa
因此	だから	da ka ra
可是，對了	ところで	to ko ro de
而且	それに	so re ni
因此；那麼	それで	so re de
也就是説	すなわち	su na wa chi
於是	すると	su ru to
而且	しかも	shi ka mo
儘管如此	それでも	so re de mo

STEP

2 ▶ 日常生活必用單詞 400

□ 身體部位

mp3 04-001

漢語	日語	羅馬音
頭	あたま 頭	a ta ma
額頭	ひたい 額	hi ta i
眼睛	め 目	me
鼻子	はな 鼻	ha na
嘴巴	くち 口	ku chi
牙齒	は 歯	ha
臉	かお 顔	ka o
脖子	くび 首	ku bi
肩膀	かた 肩	ka ta
胸	むね 胸	mu ne
肚子	おなか	o na ka
背	せなか 背中	se na ka
手	て 手	te
手指	ゆび 指	yu bi
腳	あし 足	a shi

星座血型

 04-002

漢語	日語	羅馬音
摩羯座	山羊座（やぎざ）	ya gi za
水瓶座	水瓶座（みずがめざ）	mi zu ga me za
雙魚座	魚座（うおざ）	u o za
白羊座	牡羊座（おひつじざ）	o hi tsu ji za
金牛座	牡牛座（おうしざ）	o u shi za
雙子座	双子座（ふたござ）	hu ta go za
巨蟹座	蟹座（かにざ）	ka ni za
獅子座	獅子座（ししざ）	shi shi za
處女座	乙女座（おとめざ）	o to me za
天秤座	天秤座（てんびんざ）	ten bin za
天蠍座	蠍座（さそりざ）	sa so ri za
射手座	射手座（いてざ）	i te za
A 型	A 型（エーがた）	e- ga ta
B 型	B 型（ビーがた）	bi- ga ta
O 型	O 型（オーがた）	o- ga ta
AB 型	A B 型（エービーがた）	e- bi- ga ta

家庭成員 04-003

漢語	日語	羅馬音
祖父	おじいさん	o ji- san
祖母	おばあさん	o ba- san
媽媽	お母<ruby>母<rt>かあ</rt></ruby>さん	o ka- san
爸爸	お父<ruby>父<rt>とう</rt></ruby>さん	o to- san
叔叔	おじさん	o ji san
阿姨	おばさん	o ba san
哥哥	お兄<ruby>兄<rt>にい</rt></ruby>さん	o ni- san
姐姐	お姉<ruby>姉<rt>ねえ</rt></ruby>さん	o ne- san
女兒	娘<ruby>娘<rt>むすめ</rt></ruby>	mu su me
弟弟	弟<ruby>弟<rt>おとうと</rt></ruby>	o to- to
妹妹	妹<ruby>妹<rt>いもうと</rt></ruby>	i mo- to
堂兄弟、姐妹； 表兄弟、姐妹	いとこ	i to ko
媳婦	嫁<ruby>嫁<rt>よめ</rt></ruby>	yo me
女婿	婿<ruby>婿<rt>むこ</rt></ruby>	mu ko
公公	舅<ruby>舅<rt>しゅうと</rt></ruby>	shu- to

漢語	日語	羅馬音
婆婆	姑 (しゅうとめ)	shu- to me
丈夫	夫 (おっと)	o t to
妻子	妻 (つま)	tsu ma
兒子	息子 (むすこ)	mu su ko
侄女，外甥女	姪 (めい)	me i
侄子，外甥	甥 (おい)	o i

 家用電器

 04-004

漢語	日語	羅馬音
電器	電気製品 (でんきせいひん)	den ki se- hin
電視	テレビ	te re bi
空調	エアコン	e a kon
冰箱	冷蔵庫 (れいぞうこ)	re- zo- ko
洗衣機	洗濯機 (せんたくき)	sen ta ku ki
微波爐	電子レンジ (でんし)	den shi ren ji
烤箱	オーブン	o- bun
加濕機	加湿器 (かしつき)	ka shi tsu ki

漢語	日語	羅馬音
吸塵器	掃除機 そうじき	so- ji ki
電暖爐	電気ストーブ でんき	den ki su to- bu
乾衣機	乾燥機 かんそうき	kan so- ki
電風扇	扇風機 せんぷうき	sen pu- ki
電飯煲	炊飯器 すいはんき	su i han ki
煤氣灶	ガスレンジ	ga su ren ji
榨汁機	ジューサー	ju- sa-

起居用品 04-005

漢語	日語	羅馬音
枕頭	枕 まくら	ma ku ra
被子	布団 ふとん	hu ton
毯子	毛布 もうふ	mo- hu
睡衣	パジャマ	pa ja ma
拖鞋	スリッパ	su ri p pa
梳子	くし	ku shi
床	ベッド	be d do

漢語	日語	羅馬音
床單	シーツ	shi- tsu
毛巾	タオル	ta o ru
杯子	コップ	ko p pu
牙刷	歯<ruby>は</ruby>ブラシ	ha bu ra shi
牙膏	歯磨<ruby>は</ruby><ruby>みが</ruby>き粉<ruby>こ</ruby>	ha mi ga ki ko
剃鬚刀	かみそり	ka mi so ri
洗髮水	シャンプー	shan pu-
洗面奶	洗顔<ruby>せんがん</ruby>フォーム	sen gan fo- mu
肥皂	石<ruby>せっ</ruby>けん	se k ken
洗滌劑	洗剤<ruby>せんざい</ruby>	sen za i
鏡子	鏡<ruby>かがみ</ruby>	ka ga mi
鬧鐘	目覚<ruby>めざ</ruby>まし時計<ruby>どけい</ruby>	me za ma shi do ke-
檯燈	電気<ruby>でんき</ruby>スタンド	den ki su tan do

房間構造及設施

04-006

漢語	日語	羅馬音
院子	庭	ni wa
玄關	玄関	gen kan
起居室	居間	i ma
盥洗室	洗面所	sen men jo
臥室	寝室	shin shi tsu
衛生間	トイレ	to i re
廚房	台所	dai do ko ro
陽臺	ベランダ	be ran da
洗碗池	流し	na ga shi
水龍頭	蛇口	ja gu chi
洗臉台	洗面台	sen men da i
鏡子	鏡	ka ga mi
浴缸	バスタブ	ba su ta bu
馬桶	便器	ben ki
壁櫥	押し入れ	o shi i re

UNIT
3

時光流逝

□ 時間

04-007

漢語	日語	羅馬音
早上	朝 (あさ)	a sa
上午	午前 (ごぜん)	go zen
白天	昼 (ひる)	hi ru
下午	午後 (ごご)	go go
傍晚	夕方 (ゆうがた)	yu- ga ta
晚上	夜 (よる)	yo ru
今天	今日 (きょう)	kyo-
明天	明日 (あした)	a shi ta
後天	あさって	a sa t te
昨天	昨日 (きのう)	ki no-
前天	おととい	o to to i
本周	今週 (こんしゅう)	kon shu-
下周	来週 (らいしゅう)	ra i shu-
上周	先週 (せんしゅう)	sen shu-
這個月	今月 (こんげつ)	kon ge tsu

漢語	日語	羅馬音
下個月	<ruby>来月<rt>らいげつ</rt></ruby>	ra i ge tsu
上個月	<ruby>先月<rt>せんげつ</rt></ruby>	sen ge tsu
今年	<ruby>今年<rt>ことし</rt></ruby>	ko to shi
明年	<ruby>来年<rt>らいねん</rt></ruby>	ra i nen
去年	<ruby>去年<rt>きょねん</rt></ruby>	kyo nen

 星期 mp3 04-008

漢語	日語	羅馬音
星期一	<ruby>月曜日<rt>げつようび</rt></ruby>	ge tsu yo- bi
星期二	<ruby>火曜日<rt>かようび</rt></ruby>	ka yo- bi
星期三	<ruby>水曜日<rt>すいようび</rt></ruby>	su i yo- bi
星期四	<ruby>木曜日<rt>もくようび</rt></ruby>	mo ku yo- bi
星期五	<ruby>金曜日<rt>きんようび</rt></ruby>	kin yo- bi
星期六	<ruby>土曜日<rt>どようび</rt></ruby>	do yo- bi
星期日	<ruby>日曜日<rt>にちようび</rt></ruby>	ni chi yo- bi

月份

 04-009

漢語	日語	羅馬音
一月	いちがつ 1 月	i chi ga tsu
二月	にがつ 2 月	ni ga tsu
三月	さんがつ 3 月	san ga tsu
四月	しがつ 4 月	shi ga tsu
五月	ごがつ 5 月	go ga tsu
六月	ろくがつ 6 月	ro ku ga tsu
七月	しちがつ 7 月	shi chi ga tsu
八月	はちがつ 8 月	ha chi ga tsu
九月	くがつ 9 月	ku ga tsu
十月	じゅうがつ 1 0 月	ju- ga tsu
十一月	じゅういちがつ 1 1 月	ju- i chi ga tsu
十二月	じゅうにがつ 1 2 月	ju- ni ga tsu

四季

04-010

漢語	日語	羅馬音
春天	はる 春	ha ru
夏天	なつ 夏	na tsu
秋天	あき 秋	a ki
冬天	ふゆ 冬	hu yu

136

UNIT
4

護膚美妝 04-011

漢語	日語	羅馬音
乳液	乳液 (にゅうえき)	nyu- e ki
面霜	クリーム	ku ri- mu
面膜	パック	pa k ku
化妝	化粧 (けしょう)	ke sho-
化妝水	化粧水 (けしょうすい)	ke sho- su i
化妝棉	化粧コットン (けしょう)	ke sho- ko t ton
防曬霜	日焼け止め (ひやけど)	hi ya ke do me
粉底霜	下地クリーム (したじ)	shi ta ji ku ri- mu
粉底	ファンデーション	fan de- shon
粉撲	パフ	pa hu
粉餅	パウダー	pa u da-
睫毛夾	ビューラー	byu- ra-
睫毛膏	マスカラ	ma su ka ra
眼影	アイシャドー	a i sha do-
卸妝油	メイク落し (おと)	me i ku o to shi

137

服飾

04-012

漢語	日語	羅馬音
外套	コート	ko- to
西服套裝	スーツ	su- tsu
毛衣	セーター	se- ta-
襯衫	シャツ	sha tsu
T恤	^{ティー}T シャツ	ti- sha tsu
夾克	ジャケット	ja ke t to
內衣	下着	shi ta gi
褲子	ズボン	zu bon
短裙	スカート	su ka- to
女士禮服	ドレス	do re su
連衣裙	ワンピース	wan pi- su
女士襯衫	ブラウス	bu ra u su
襪子	靴下	ku tsu shi ta
領帶	ネクタイ	ne ku ta i
圍巾	マフラー	ma hu ra-
帽子	帽子	bo- shi

漢語	日語	羅馬音
鞋子	<ruby>靴<rt>くつ</rt></ruby>	ku tsu
高跟鞋	ハイヒール	ha i hi- ru
運動鞋	スニーカー	su ni- ka-
涼鞋	サンダル	san da ru

顔色 04-013

漢語	日語	羅馬音
白色	<ruby>白<rt>しろ</rt></ruby>	shi ro
黑色	<ruby>黒<rt>くろ</rt></ruby>	ku ro
藍色	<ruby>青<rt>あお</rt></ruby>	a o
紅色	<ruby>赤<rt>あか</rt></ruby>	a ka
灰色	<ruby>灰色<rt>はいいろ</rt></ruby>	ha i i ro
黃色	<ruby>黄色<rt>きいろ</rt></ruby>	ki i ro
粉色	ピンク	pin ku
綠色	<ruby>緑<rt>みどり</rt></ruby>	mi do ri
紫色	<ruby>紫<rt>むらさき</rt></ruby>	mu ra sa ki
棕色	ブラウン	bu ra un

UNIT
5

美食天下

日常食物

04-014

漢語	日語	羅馬音
飯	ご飯	go han
壽司	寿司	su shi
炸豬排	豚カツ	ton ka tsu
牛肉飯	牛丼	gyu- don
味噌湯	味噌汁	mi so shi ru
炒飯	チャーハン	cha- han
蛋包飯	オムライス	o mu ra i su
拉麵	ラーメン	ra- men
烏冬面	うどん	u don
蕎麥面	そば	so ba
天婦羅	天ぷら	ten pu ra
火鍋	お鍋	o na be
壽喜鍋	すき焼き	su ki ya ki
炸肉餅	コロッケ	ko ro k ke
牛排	ステーキ	su te- ki
麵包	パン	pan

漢語	日語	羅馬音
意大利面	パスタ	pa su ta
漢堡牛肉餅	ハンバーグ	han ba- gu
披薩	ピザ	pi za
沙律	サラダ	sa ra da

繽紛水果

04-015

漢語	日語	羅馬音
蘋果	りんご	rin go
梨	梨^{なし}	na shi
香蕉	バナナ	ba na na
橘子	みかん	mi kan
西瓜	スイカ	su i ka
葡萄	ぶどう	bu do-
甜瓜	メロン	me ron
桃子	桃^{もも}	mo mo
檸檬	レモン	re mon
草莓	イチゴ	i chi go

漢語	日語	羅馬音
橙子	オレンジ	o ren ji
芒果	マンゴー	man go-
柿子	柿^{かき}	ka ki
菠蘿	パイナップル	pa i na p pu ru
木瓜	パパイヤ	pa pa i ya

健康蔬菜

 04-016

漢語	日語	羅馬音
蔬菜	野菜^{やさい}	ya sa i
白菜	白菜^{はくさい}	ha ku sa i
捲心菜	キャベツ	kya be tsu
黃瓜	きゅうり	kyu- ri
蘿蔔	大根^{だいこん}	da i kon
菠菜	ほうれん草^{そう}	ho- ren so-
番茄	トマト	to ma to
茄子	なす	na su
青椒	ピーマン	pi- man

漢語	日語	羅馬音
胡蘿蔔	にんじん	nin jin
芹菜	セロリ	se ro ri
蘑菇	キノコ	ki no ko
生菜	レタス	re ta su
南瓜	カボチャ	ka bo cha
土豆	ジャガイモ	ja ga i mo

開懷暢飲 04-017

漢語	日語	羅馬音
酒	お酒	o sa ke
清酒	日本酒	ni hon shu
梅酒	梅酒	u me shu
啤酒	ビール	bi- ru
葡萄酒	ワイン	wa in
香檳	シャンパン	shan pan
茶	お茶	o cha
紅茶	紅茶	ko- cha

漢語	日語	羅馬音
綠茶	緑茶 りょくちゃ	ryo ku cha
大麥茶	麦茶 むぎちゃ	mu gi cha
茉莉花茶	ジャスミン茶 ちゃ	ja su min cha
烏龍茶	ウーロン茶 ちゃ	u- ron cha
檸檬茶	レモンティー	re mon ti-
咖啡	コーヒー	ko- hi-
摩卡	モカ	mo ka
卡普奇諾	カプチーノ	ka pu chi- no
拿鐵	コーヒーラッテ	ko- hi- ra t te
可樂	コーラ	ko- ra
（熱）可可	ココア	ko ko a
果汁	ジュース	むぎちゃ

職業類別

mp3 04-018

漢語	日語	羅馬音
公司職員	会社員（かいしゃいん）	ka i sha in
工薪階層	サラリーマン	sa ra ri- man
商務人士	ビジネスマン	bi ji ne su man
公務員	公務員（こうむいん）	ko- mu in
老師	教師（きょうし）	kyo- shi
醫生	医者（いしゃ）	i sha
護士	看護士（かんごし）	kan go shi
律師	弁護士（べんごし）	ben go shi
警察	警察（けいさつ）	ke- sa tsu
司機	運転手（うんてんしゅ）	un ten shu
設計師	デザイナー	de za i na-
攝影師	カメラマン	ka me ra man
作家	作家（さっか）	sa k ka
畫家	画家（がか）	ga ka
演員	俳優（はいゆう）	ha i yu-

辦公用品　　04-019

漢語	日語	羅馬音
傳真	ファックス	fa k ku su
打印機	プリンター	pu rin ta-
複印紙	コピー用紙	ko pi- yo- shi
文件夾	ファイル	fa i ru
訂書機	ホチキス	ho chi ki su
名片盒	名刺入れ	me- shi i re
印章	印鑑	in kan
便箋	付箋	hu sen
標簽	シール	shi- ru
膠帶	テープ	te- pu

生活設施　　　　　　　　　　mp3 04-020

精彩生活

漢語	日語	羅馬音
電車車站	駅 えき	e ki
百貨商場	デパート	de pa- to
便利店	コンビニ	kon bi ni
超市	スーパー	su- pa-
餐廳	レストラン	re su to ran
咖啡店	喫茶店 きっさてん	ki s sa ten
銀行	銀行 ぎんこう	gin ko-
郵局	郵便局 ゆうびんきょく	yu- bin kyo ku
學校	学校 がっこう	ga k ko-
書店	本屋 ほんや	hon ya
圖書館	図書館 としょかん	to sho kan
電影院	映画館 えいがかん	e- ga kan
博物館	博物館 はくぶつかん	ha ku bu tsu kan
公園	公園 こうえん	ko- en
醫院	病院 びょういん	byo- in

在外就餐

漢語	日語	羅馬音
桌子	テーブル	te- bu ru
窗邊	窓際 （まどぎわ）	ma do gi wa
菜單	メニュー	me nyu-
服務員	ウエーター	u e- ta-
點單	注文 （ちゅうもん）	chu- mon
推薦菜	おすすめ	o su su me
買單，結帳	勘定 （かんじょう）	kan jo-
收銀台	カウンター	ka un ta-
找零	お返し （かえ）	o ka e shi
收據	レシート	re shi- to

強身健體

04-022

漢語	日語	羅馬音
慢跑	ジョギング	jo gin gu
棒球	野球	ya kyu-
游泳	水泳	su i e-
爬山	山登り	ya ma no bo ri
乒乓球	卓球	ta k kyu-
排球	バレーボール	ba re- bo-ru
足球	サッカー	sa k ka-
網球	テニス	te ni su
籃球	バスケットボール	ba su ke t to bo- ru
瑜伽	ヨガ	yo ga
高爾夫	ゴルフ	go ru hu
羽毛球	バドミントン	ba do min ton
溜冰	スケート	su ke- to
滑雪	スキー	su ki-
柔道	柔道	ju- do-

動物世界

漢語	日語	羅馬音
狗	犬	i nu
貓	猫	ne ko
鳥	鳥	to ri
豬	豚	bu ta
獅子	ライオン	ra i on
熊貓	パンダ	pan da
兔子	兎	u sa gi
麻雀	雀	su zu me
老虎	虎	to ra
熊	熊	ku ma
猴子	猿	sa ru
老鼠	鼠	ne zu mi
羊	羊	hi tsu ji
馬	馬	u ma
象	象	zo-

交通工具 04-024

漢語	日語	羅馬音
電車	でんしゃ 電車	den sha
地鐵	ち か てつ 地下鉄	chi ka te tsu
公交車	バス	ba su
汽車	くるま 車	ku ru ma
出租車	タクシー	ta ku shi-
摩托車	オートバイ	o- to ba i
火車	き しゃ 汽車	ki sha
新幹線	しんかんせん 新幹線	shin kan sen
船	ふね 船	hu ne
飛機	ひ こう き 飛行機	hi ko- ki

主要國家 04-025

漢語	日語	羅馬音
中國	ちゅうごく 中国	chu- go ku
日本	に ほん 日本	ni hon
印度	インド	in do

漢語	日語	羅馬音
泰國	タイ	ta i
韓國	韓国 （かんこく）	kan ko ku
美國	アメリカ	a me ri ka
英國	イギリス	i gi ri su
法國	フランス	hu ran su
德國	ドイツ	do i tsu
馬來西亞	マレーシア	ma re- shi a
新加坡	シンガポール	shin ga po- ru
菲律賓	フィリピン	fi ri pin
越南	ベトナム	be to na mu
西班牙	スペイン	su pe in
意大利	イタリア	i ta ri a
瑞典	スウエーデン	su u e- den
瑞士	スイス	su i su
加拿大	カナダ	ka na da
埃及	エジプト	e ji pu to
澳大利亞	オーストラリア	o- su to ra ri a

主要城市

漢語	日語	羅馬音
北京	ペキン 北京	pe kin
上海	シャンハイ 上海	shan ha i
香港	ホンコン 香港	hon kon
東京	とうきょう 東京	to- kyo-
大阪	おおさか 大阪	o- sa ka
京都	きょうと 京都	kyo- to
札幌	さっぽろ 札幌	sa p po ro
横濱	よこはま 横浜	yo ko ha ma
華盛頓	ワシントンディーシー	wa shin ton di- shi-
紐約	ニューヨーク	nyu- yo- ku
洛杉磯	ロサンゼルス	ro san ze ru su
莫斯科	モスクワ	mo su ku wa
巴黎	パリ	pa ri
倫敦	ロンドン	ron don
柏林	ベルリン	be ru rin
羅馬	ローマ	ro- ma

漢語	日語	羅馬音
沖繩	沖縄 （おきなわ）	o ki na wa
首爾	ソウル	so u ru
渥太華	オタワ	o ta wa
曼谷	バンコク	ban ko ku

出國　 04-027

漢語	日語	羅馬音
護照	パスポート	pa su po- to
簽證	ビザ	bi za
機場	空港 （くうこう）	ku- ko-
航班	フライト	hu ra i to
候機大樓	ターミナル	ta- mi na ru
機票	航空券 （こうくうけん）	ko- ku- ken
登機牌	搭乗券 （とうじょうけん）	to- jo- ken
登機手續	チェックイン	che k ku in
手提行李	手荷物 （てにもつ）	te ni mo tsu
免稅店	免税店 （めんぜいてん）	men ze- ten

第三堂課 實用短句大搜羅

UNIT

1

打招呼

🎤 001　早上好。

mp3
05-001

おはようございます。

🔤 ohayo-gozaimasu

用 法　這句話用於早上跟人問好。家人、朋友之間，或者上級對下級、長輩對晚輩可以簡單説成「おはよう」。

情 景 對 話

A：先生、おはようございます。（老師，早上好。）

せんせい

🔤 sense- ohayo-gozaimasu

B：おはよう。（早上好。）

🔤 ohayo-

🎤 002　你好。

mp3
05-002

こんにちは。

🔤 konnichiwa

用 法　這句話是日常問候最常見的表達方式，使用很廣泛，白天基本上都可以使用。

情 景 對 話

A：こんにちは。（你好。）

🔤 konnichiwa

B：こんにちは。（你好。）

🔤 konnichiwa

🎤 003 晚上好。

こんばんは。

🔤 konbanwa

用法 晚上見面打招呼可以使用這句話。

情 景 對 話

A：佐藤さん、こんばんは。（佐藤，晚上好啊。）
🔤 sato-san konbanwa

B：あ、鈴木さん、こんばんは。（啊，是鈴木啊，晚上好。）
🔤 a suzukisan konbanwa

🎤 004 幸會，我叫……

初めまして。〜です。

🔤 hajimemashite desu

用法 這句話用於向初次見面的人進行自我介紹。「初めまして」包含「初次見面，很高興認識你」的意思。「〜です」還可以說成「〜と申します」，語氣更加恭敬。

情 景 對 話

A：初めまして。李です。（幸會，我是小李。）
🔤 hajimemashite ridesu

B：初めまして。山田です。（幸會，我是山田。）
🔤 hajimemashite yamadadesu

🎤 005　請多多關照。　05-005

よろしく　お願<ruby>願<rt>ねが</rt></ruby>いします。

🔲 yoroshiku onegaishimasu

用 法　自我介紹時，介紹完自己的名字之後，一般會加上這句話，來請對方多多關照。另外，這句話還可以用於有事要拜託別人的時候，意為「拜託了」。

情 景 對 話

A：初<ruby>初<rt>はじ</rt></ruby>めまして、張<ruby>張<rt>ちょうせい</rt></ruby>静です。よろしく　お願<ruby>願<rt>ねが</rt></ruby>いします。（幸會，我是張靜。請多多關照。）

🔲 hajimemashite cho-se-desu yoroshiku onegaishimasu

B：初<ruby>初<rt>はじ</rt></ruby>めまして、田中<ruby>田中<rt>たなか</rt></ruby>です。よろしく　お願<ruby>願<rt>ねが</rt></ruby>いします。（幸會，我是田中。請多多關照。）

🔲 hajimemashite tanakadesu yoroshiku onegaishimasu

🎤 006　今天天氣真好啊。　05-006

今日<ruby>今日<rt>きょう</rt></ruby>は　いい　お天気<ruby>天気<rt>てんき</rt></ruby>ですね。

🔲 kyo-wa ii otenkidesune

用 法　人們見面打招呼或者閒聊時，經常會談論天氣，看似沒有什麼太大的意義，但話題輕鬆，也容易使聊天繼續下去。

情 景 對 話

A：今日<ruby>今日<rt>きょう</rt></ruby>は　いい　お天気<ruby>天気<rt>てんき</rt></ruby>ですね。（今天天氣真好啊。）

🔲 kyo-wa ii otenkidesune

B：ええ、そうですね。（嗯，是啊。）

🔲 e- so-desune

007 好久不見。 05-007

お久しぶりです。

ひさ

ohisaburidesu

用法　遇見有較長一段時間沒有見面的人時，可以使用這句話來問候。

情景對話

A：田中さん、お久しぶりですね。（田中，好久不見啊。）
たなか　　　　　　ひさ

tanakasan ohisaburidesune

B：李さん、お久しぶりです。（小李，好久不見。）
り　　　　　　ひさ

risan ohisaburidesu

008 你好嗎？ 05-008

お元気ですか。

げん　き

ogenkidesuka

用法　這句話用於問候對方可好。原意是「你身體好嗎」，但作為問候語，意思變得很廣泛，相當於「你好嗎」。朋友之間還可以簡單說成「元気？（還好嗎？）」。
げん き

情景對話

A：鈴木さん、お久しぶりです。お元気ですか。（鈴木，好久不見，你還好嗎？）
すずき　　　　　ひさ　　　　　げんき

suzukisan ohisaburidesu ogenkidesuka

B：はい、元気です。（嗯，挺好的。）
げん き

hai genkidesu

🎤 009　托你的福，我很好。

mp3
05-009

おかげ様で　元気です。

羅 okagesamade genkidesu

用法　當對方用「お元気ですか」來問候自己時，通常會使用這句話來回答對方。

情景對話

A：お元気ですか。（你好嗎？）
羅 ogenkidesuka

B：ええ、おかげ様で　元気です。（嗯，托你的福，我很好。）
羅 e- okagesamade genkidesu

🎤 010　再見。

mp3
05-010

さようなら。

羅 sayo-nara

用法　這句話是大家最熟知的「再見」的表達方式。其實，它常用於即將久別的場合或戀人分手的時候，並不是什麼場合都能隨便使用的。

情景對話

A：では、さようなら。（那麼，再見。）
羅 dewa sayo-nara

B：さようなら。（再見。）
羅 sayo-nara

🎤 011　那下回見。

では、また。

羅 dewa mata

用法　這句話是口語的表達方式，更簡單的説法是「じゃ、また」「またね」等，一般用於家人或關係親近的朋友之間。

情景對話

A：では、また。（那下回見。）
羅 dewa mata

B：はい、また　今度。（好的，下次再見。）
羅 hai mata kondo

🎤 012　拜拜。

05-012

バイバイ。

羅 baibai

用法　來自英語的「Byebye」，是口語中很隨意的表達方式。常用於朋友之間，小孩子也經常使用。

情景對話

A：じゃ、またね。（那再見了。）
羅 ja matane

B：バイバイ。（拜拜。）
羅 baibai

🎤 013　告辭。　　　　　　　　　　　　　　　　05-013

しつれい
失礼します。

🔈 shitsure-shimasu

用 法　這句話是較為正式的表達方式。去別人家裡做客，即將離開的時候經常説這句話。在公司，下班時也會對其他還沒下班的同事説「お
さき　しつれい
先に失礼します（我先告辭了）」。

情 景 對 話

A：そろそろ　失礼します。（我差不多要告辭了。）
　　　　　　しつれい
🔈 sorosoro shitsure-shimasu

B：では、また　来週。（那下周再見。）
　　　　　　　らいしゅう
🔈 dewa mata raishu-

🎤 014　辛苦了。　　　　　　　　　　　　　　　　05-014

つか　　さま
お疲れ様でした。

🔈 otsukaresamadeshita

用 法　這句話用於慰勞對方的辛苦工作，常常是下班時對同事説。熟
悉的同事之間還可以説成更簡單的「お疲れ様」。注意對上級一定要用
　　　　　　　　　　　　　　つか　さま
「お疲れ様でした」。

情 景 對 話

A：お先に　失礼します。（我先告辭了。）
　　さき　　しつれい
🔈 osakini shitsure-shimasu

B：お疲れ様でした。（辛苦了。）
　つか　さま
🔈 otsukaresamadeshita

🎤 015　保重。　　　　　　　　　　　05-015

お元気で。
げん き

🔤 ogenkide

用 法　與朋友要分別較長時間時，經常使用這句話來讓對方保重身
體。更簡單的說法是「元気でね」。
　　　　　　　　　　　　げん き

情 景 對 話

A：また　連絡するね。（保持聯繫啊。）
　　　　れんらく
🔤 mata renrakusurune

B：はい、お元気で。（嗯，保重。）
　　　　　げん き
🔤 hai ogenkide

🎤 016　請多保重。　　　　　　　　　mp3　05-016

お大事に。
だい じ

🔤 odaijini

用 法　這句話常用於問候身體不適或生病的朋友，表示自己的關
心，希望對方保重身體，儘快恢復健康。醫生也會對前來看病的人使用。

情 景 對 話

A：それじゃ、お大事に。（再見，請多保重。）
　　　　　　だい じ
🔤 soreja odaijini

B：今日は　ありがとう。（今天謝謝你了。）
　　きょう
🔤 kyo-wa arigato-

🎙 017　我走啦。

行ってきます。

🔤 ittekimasu

用法　出門的時候，一定會用這句話來跟家人打聲招呼説「我走啦」。在公司裡，出去跑外勤時也會用這句話來告知同事。更簡單的説法是「行ってくる」。

情景對話

A：行ってきます。（我出去啦。）
🔤 ittekimasu

B：行ってらっしゃい。（走好。）
🔤 itterasshai

🎙 018　走好。

行ってらっしゃい。

🔤 itterasshai

用法　這句話用於回應「行ってきます」，是對即將出門的家人，或者出去辦事的同事使用。一句看似簡單的招呼，卻也能成為與家人或同事的紐帶。

情景對話

A：じゃ、行ってくるね。（那我出去了啊。）
🔤 ja　ittekurune

B：行ってらっしゃい。（走好。）
🔤 itterasshai

🎤 019　我回來了。

ただいま。

🔲 tadaima

用 法　回到家裡時，會習慣性地用這句話來跟家人打聲招呼。從外面回到公司時，也會對同事說這句話。

情 景 對 話

A：ただいま。（我回來了。）
🔲 tadaima

B：お帰りなさい。（回來啦。）
🔲 okaerinasai

🎤 020　回來了啊。

お帰りなさい。

🔲 okaerinasai

用 法　這句話用於回應「ただいま」。當然，如果注意到對方回來，也可以先說這句話。家人之間可以簡單地說成「お帰り」。

情 景 對 話

A：お帰りなさい。（回來了啊。）
🔲 okaerinasai

B：ただいま。（我回來了。）
🔲 tadaima

🎤 021　我開吃啦。

05-021

いただきます。

📖 itadakimasu

用 法　用餐前説這句話，幾乎成為一種儀式，包含對食物以及做食物的人的感激之情。説這句話的同時，還會做出雙手合十的動作。

情 景 對 話

A：いただきます。（我開吃啦。）
📖 itadakimasu

B：どうぞ。（請。）
📖 do-zo

🎤 022　我吃飽了 / 多謝款待。

mp3
05-022

ご馳走様でした。

📖 gochiso-samadeshita

用 法　與「いただきます」相對應，在用餐完畢後，會習慣性地説「ご馳走様でした」。家人、朋友之間可以説更簡單的「ご馳走様」。

情 景 對 話

A：ご馳走様でした。おいしかったです。（我吃飽了。非常好吃。）
📖 gochiso-samadeshita oishikattadesu

B：それは　よかった。（那就好。）
📖 sorewa yokatta

🎤 023　晚安。

05-023

お休みなさい。

📝 oyasuminasai

用法　晚上臨睡前跟家人道晚安時可以説這句話。晚上與人道別的時候，也可以用這句話。家人、朋友之間可以使用更簡單的「お休み」。

情 景 對 話

A：パパ、お休みなさい。（爸爸，晚安。）

📝 papa oyasuminasai

B：お休み。（晚安。）

📝 oyasumi

UNIT

2

感
謝
與
道
歉

🎤 024　謝謝。

mp3
05-024

どうも。

🔤 do-mo

用法　這是表示感謝的最簡單的説法，一般用於關係親近的朋友之間，或上級對下級使用。更禮貌的説法是「どうもありがとうございます」。

情景對話

A：こちらへ　どうぞ。（這邊請。）
🔤 kochirae do-zo

B：どうも。（謝謝。）
🔤 do-mo

🎤 025　謝謝你。

mp3
05-025

ありがとうございます。

🔤 arigato-gozaimasu

用法　這是表示感謝的最常用的表達方式。朋友、家人之間，或者上級對下級可以使用更簡單的「ありがとう」。前面可以加上「どうも」，感謝之意更深一層。

情景對話

A：こちらの　パソコンを　使って　ください。（請用這邊的電腦。）
🔤 kochirano pasokonwo tsukatte kudasai

B：ありがとうございます。（謝謝。）
🔤 arigato-gozaimasu

026 幫了我大忙。

大変　助かりました。

羅 taihen tasukarimashita

用法　這句話用於向對方表達謝意，包含「多虧了你的幫助，使我渡過了難關或脫離了困境」的意思。

情景對話

A：今日は　いろいろ　教えていただいて、大変　助かりました。（今天您教了我很多，真是幫了我大忙。）

羅 kyo-wa iroiro oshieteitadaite taihen tasukarimashita

B：また　何か　ありましたら、聞いて　ください。（如果還有什麼問題，儘管問。）

羅 mata nanika arimashitara kiite kudasai

027 承蒙關照了。

お世話に　なりました。

羅 osewani narimashita

用法　這句話用於感謝對方對自己的關照。如果要加深感謝之意，可以在前面加上「大変」「いろいろ」等。

情景對話

A：お世話に　なりました。（承蒙關照了。）

羅 osewani narimashita

B：いいえ、こちらこそ。（哪裡，彼此彼此。）

羅 iie kochirakoso

028 不用謝。 05-028

どういたしまして。

do-itashimashite

用 法 當對方向自己表示感謝時，可以用這句話來回應。

情 景 對 話

A：ありがとうございます。（謝謝。）
arigato-gozaimasu

B：どういたしまして。（不用謝。）
do-itashimashite

029 對不起。 05-029

ごめんなさい。

gomennasai

用 法 這句話是道歉的常見表達方式，用於關係親近的人之間。家人、朋友之間還可以用「ごめん」這種更簡單的説法。很正式的道歉是不能用「ごめんなさい」或「ごめん」的。

情 景 對 話

A：遅れて　ごめんなさい。（對不起，我遲到了。）
okurete gomennasai

B：いえ、大丈夫です。（沒關係。）
ie daijo-budesu

🎤 030　對不起。

mp3 05-030

すみません。

🔤 sumimasen

用法　這句話表示道歉時比「ごめんなさい」稍正式一些。「すみません」包含「過意不去」的意思，除了用於道歉之外，還可以表示感謝。

情景對話

A：どうして　また　こんな　ミスを　したの？（為什麼又犯了這樣的錯誤呢？）

🔤 do-shite mata konna misuwo shitano

B：すみません。（對不起。）

🔤 sumimasen

🎤 031　對不起。

mp3 05-031

失礼しました。

🔤 shitsure-shimashita

用法　這句話常用於對自己失禮的、不體面的言行表示道歉。更隨便的說法是「失礼」。

情景對話

A：あのう、音楽の　音を　下げてもらえませんか。（請問能不能把音樂的聲音調小一點？）

🔤 ano- ongakuno otowo sagetemoraemasenka

B：あ、失礼しました。（啊，對不起。）

🔤 a shitsure-shimashita

🎤 032　非常抱歉。　　　　　　　　　　　05-032

申し訳ありません。
もう　わけ

🈁 mo-shiwakearimasen

用法　　這句話一般用於正式的場合，是較鄭重的表達方式。常用於下級向上級，或者向客戶道歉等。更鄭重的說法是「申し訳ございません」。

情景對話

A：お待たせして　申し訳ありません。（非常抱歉，讓您久等了。）

🈁 omataseshite mo-shiwakearimasen

B：いいえ。（沒關係。）

🈁 iie

🎤 033　給您添麻煩了。　　　　　　　　　　05-033

ご迷惑を　おかけしました。
めいわく

🈁 gome-wakuwo okakeshimashita

用法　　當自己的失誤或過錯已經給對方造成困擾或帶來麻煩時，可以使用這句話來道歉。後面常接「すみませんでした」等一起使用。

情景對話

A：うちの　息子が　うるさくて、ご迷惑を　おかけしました。（我兒子很吵鬧，給您添麻煩了。）

🈁 uchino musukoga urusakute gome-wakuwo okakeshimashita

B：活発な　お子さんですね。（他是個很活潑的孩子呢。）

🈁 kappatsuna okosandesune

172

🎤 034　太好了！

mp3
05-034

よかった！

🔤 yokatta

用法　當得知自己原本有所擔心的事情，其實結果令人滿意時，可以使用這句話來表達自己的心情，包含「太好了，這下總算放心了」的意思。

情景對話

A：幸<ruby>幸<rt>さいわ</rt></ruby>い　パスポートは　あったよ。（幸好護照沒丟。）
🔤 saiwai pasupo-towa attayo

B：よかった！（太好了！）
🔤 yokatta

🎤 035　太好了！

mp3
05-035

やった！

🔤 yatta

用法　這句話常常是在聽到了某個好消息或某件事情獲得成功時，不由得發出的感歎。表達了說話人內心抑制不住的喜悅、激動之情。

情景對話

A：<ruby>武<rt>たける</rt></ruby>、<ruby>日曜日<rt>にちようび</rt></ruby>は　<ruby>遊園地<rt>ゆうえんち</rt></ruby>に　<ruby>行<rt>い</rt></ruby>こうか。（小武，星期天我們去遊樂園吧。）
🔤 takeru nichiyo-biwa yu-enchini iko-ka

B：うん、やった！（嗯，太好了！）
🔤 un yatta

🎤 036　非常開心。

05-036

たの
楽しかったです。

🔤 tanoshikattadesu

用法　這是説話人較為客觀地表達自己高興、愉快之情的表達方式，是描述對過去某件事情的感受。

情景對話

かいがいりょこう
A：海外旅行は　どうでした？（海外旅行怎麼樣啊？）
🔤 kaigairyoko-wa do-deshita

たの
B：ええ、とても　楽しかったです。（嗯，非常開心。）
🔤 e- totemo tanoshikattadesu

🎤 037　真開心！

05-037

うれしい！

🔤 ureshi-

用法　這句話用於描述説話人此時此刻很開心的心理狀態，限用於第一人稱「我」。一般是對眼前的某件事情感到開心。

情景對話

たんじょうび
A：これ、誕生日プレゼント。（這是送給你的生日禮物。）
🔤 kore tanjo-bipurezento

B：わあ、うれしい！（哇，真開心！）
🔤 wa- ureshi-

038　真讓人惱火！　05-038

頭に 来た！

🔊 atamani kita

用 法　這句話最直接地表達了說話人的憤怒之情。

情 景 對 話

A：どうしたの？（怎麼了？）
🔊 do-shitano

B：あの人、うそばっかり、頭に 来た！（那個人滿口謊言，真讓人惱火！）
🔊 anohito usobakkari atamani kita

039　真讓人著急。　05-039

いらいらする。

🔊 irairasuru

用 法　這句話用來表達焦急、焦躁、坐立不安的心情。

情 景 對 話

A：バス、なかなか 来ないね。（公交車怎麼還不來啊。）
🔊 basu nakanaka konaine

B：そうだね、いらいらする。（是啊，真讓人著急。）
🔊 so-dane irairasuru

🎤 040　到底是怎麼一回事？ 05-040

いったい　どういうこと？

🔡 ittai do-iukoto

用 法　這句話用於說話人對某件事情感到非常憤怒、並要求對方給出解釋的場合。

情 景 對 話

A：この　領収書、いったい　どういうこと？ちゃんと　説明して！（這個發票到底是怎麼回事？你給我說清楚！）
🔡 kono ryo-shu-sho ittai do-iukoto chanto setsume-shite

B：あ、えーと、それは…（啊，嗯，那個啊……）
🔡 a e-to sorewa

🎤 041　真是的！ 05-041

まったく！

🔡 mattaku

用 法　這句話表達了說話人強烈的責備的語氣。

情 景 對 話

A：これ、入力ミスばっかりじゃない、まったく、あの　新人ったら。（這個裡面都是輸入錯誤，那個新人還真是的！）
🔡 kore nyu-ryokumisubakkarijanai mattaku ano shinjinttara

B：まあまあ、そんなに　怒らないで。（算了算了，別那麼生氣了。）
🔡 ma-ma- sonnani okoranaide

042 已經忍無可忍了！

mp3
05-042

もう 我慢できない！

がまん

羅 mo- gamandekinai

用法 這句話表示不滿或憤怒的心情已經達到極點，忍無可忍。

情景對話

A：もう 我慢できない！別れよう！（已經忍無可忍了，我們分手
吧！）
がまん わか

羅 mo- gamandekinai wakareyo-

B：うん、いいよ。（好，分就分吧！）

羅 un iiyo

043 真不像話！

mp3
05-043

ずいぶんですね。

羅 zuibundesune

用法 這句話常用於責備某人的言行太過分。

情景對話

A：奥さんに 手をあげる なんて、ずいぶんですね。（居然對太太
動手，真不像話！）
おく て

羅 okusanni tewoageru nante zuibundesune

B：そうですね。（是啊。）

羅 so-desune

🎤 044　不要太過分！　　　　　　　　　05-044

いい加減に　して！
かげん

🔤 iikagenni shite

用 法　這句話一般用於勸告對方要適可而止。

情 景 對 話

A：これ　嫌い、野菜も　食べたくない。（我不喜歡吃這個，蔬菜
きら　　やさい　　た
也不想吃。）

🔤 kore kirai yasaimo tabetakunai

B：いい加減に　して、肉ばかり　食べちゃ　だめでしょ。（不要
かげん　　　　にく　　　た
太過分！光吃肉怎麼行呢。）

🔤 iikagenni shite nikubakari tabecha damedesho

🎤 045　真讓人失望。　　　　　　　　　05-045

がっかりしました。

🔤 gakkarishimashita

用 法　當事情的結果沒能如自己所願時，可以用這句話來直接表達失
望之情。

情 景 對 話

A：今日って　合格発表の　日でしょ？どうだった？（今天是公
きょう　　ごうかくはっぴょう　　ひ
佈考試結果的日子吧，怎麼樣啊？）

🔤 kyo-tte go-kakuhappyo-no hidesho do-datta

B：落ちてしまいました。がっかりしました。（落榜了，真讓人失望。）
お

🔤 ochiteshimaimashita gakkarishimashita

046　我喜歡 kitty 貓。

キティちゃんが　好きです。

🔤 kitichanga sukidesu

用法　這句話最直接地表達了自己對某物的喜愛之情。「キティちゃん」可以替換成其他自己喜歡的東西。

情景對話

A：花ちゃんは　何が　好きですか。（小花，你喜歡什麼啊？）
🔤 hanachanwa naniga sukidesuka

B：キティちゃんが　好きです。（我喜歡 kitty 貓。）
🔤 kitichanga sukidesu

047　是我所喜歡的。

私の　お気に入りです。

🔤 watashino okiniiridesu

用法　當表示某樣東西符合自己的喜好時，可以使用這句話。

情景對話

A：おしゃれな　マグカップですね。（這個馬克杯很漂亮啊。）
🔤 osharena magukappudesune

B：ええ、私の　お気に入りです。（嗯，是我所喜歡的。）
🔤 e- watashino okiniiridesu

🎤 048　我的愛好是網上沖浪。
05-048

趣味は　ネットサーフィンです。
しゅみ

🔈 shumiwa nettosa-findesu

用法　介紹自己的興趣愛好時，可以用這句話。「ネットサーフィン」
可以替換成其他的事物。

情景對話

A：田中さん、趣味は　何ですか。（田中，你的愛好是什麼？）
　　たなか　　しゅみ　　なん

🔈 tanakasan shumiwa nandesuka

B：趣味は　ネットサーフィンです。（我的愛好是網上沖浪。）
　　しゅみ

🔈 shumiwa nettosa-findesu

🎤 049　我對插花很感興趣。
05-049

生け花に　興味を　持っています。
い　ばな　　きょうみ　　も

🔈 ikebanani kyo-miwo motteimasu

用法　與上一句話表示的愛好不同，這句話是表示短時間裡對某個事
物產生興趣，而不是持續較長一段時間的愛好。「生け花」可以替換成
其他感興趣的事物。　　　　　　　　　　　　　　　い　ばな

情景對話

A：お花、好きですか。（你喜歡花嗎？）
　　はな　す

🔈 ohana sukidesuka

B：ええ、生け花に　興味を　持っています。（嗯，我對插花很
　　　　い　ばな　　きょうみ　　も
　　感興趣。）

🔈 e- ikebanani kyo-miwo motteimasu

050 我不喜歡考試。

05-050

テストが いやです。

tesutoga iyadesu

用 法 使用這句話可以直接表達對某個事物的厭惡之情。「テスト」可以替換成其他討厭的事物。

情 景 對 話

A：どうして 学校に 行きたくないですか。（你為什麼不想去學校啊？）

do-shite gakko-ni ikitakunaidesuka

B：テストが いやです。（我不喜歡考試。）

tesutoga iyadesu

051 我討厭蟲子。

05-051

虫が 嫌いです。

mushiga kiraidesu

用 法 這句話也是用來表示「討厭」「厭惡」。

情 景 對 話

A：嫌いな ものは ありますか。（你有什麼討厭的東西嗎？）

kiraina monowa arimasuka

B：虫が 嫌いです。（我討厭蟲子。）

mushiga kiraidesu

🎤 052　我不喜歡吃蒜。

05-052

にんにくが　苦手^{にがて}です。

🔈 ninnikuga nigatedesu

用法　「苦手^{にがて}」意為「不擅長」，這句話表達了對某物的排斥心理，委婉地表示不喜歡某物。

情景對話

A：どうして　食^たべませんか。（你為什麼不吃啊？）

🔈 do-shite tabemasenka

B：にんにくが　苦手^{にがて}です。（我不太能吃蒜。）

🔈 ninnikuga nigatedesu

🎤 053　我想去旅行。

mp3
05-053

<ruby>旅行<rt>りょこう</rt></ruby>に　<ruby>行<rt>い</rt></ruby>きたいです。

🔲 ryoko-ni ikitaidesu

用法　説話人直接表明自己的想法和願望時，可以使用這句話。注意只限於表示第一人稱「我」的想法和願望。

情景對話

A：<ruby>夏休<rt>なつやす</rt></ruby>みは　<ruby>家族<rt>かぞく</rt></ruby>で　<ruby>旅行<rt>りょこう</rt></ruby>に　<ruby>行<rt>い</rt></ruby>きたいです。（暑假我想全家去旅行。）

🔲 natsuyasumiwa kazokude ryoko-ni ikitaidesu

B：いいですね。（不錯啊。）

🔲 iidesune

🎤 054　我打算去巴黎。

mp3
05-054

パリへ　<ruby>行<rt>い</rt></ruby>く　つもりです。

🔲 parie iku tsumoridesu

用法　這句話用於表示某種打算和想法。

情景對話

A：どこに　<ruby>行<rt>い</rt></ruby>きますか。（你要去哪裡啊？）

🔲 dokoni ikimasuka

B：パリへ　<ruby>行<rt>い</rt></ruby>く　つもりです。（我打算去巴黎。）

🔲 parie iku tsumoridesu

🎤 055　我認為休息一下比較好。　05-055

休んだ　ほうが　いいと　思いますよ。
やす　　　　　　　　　　　　　　　おも

📻 yasunda ho-ga iito omoimasuyo

用法　這句話用於表明説話人的看法和觀點，也可以間接地向對方提出建議。

情景對話

A：風邪、大変そうですね。休んだ　ほうが　いいと　思います
かぜ　たいへん　　　　　　　　やす　　　　　　　　　　　おも
よ。（你感冒好像很嚴重啊。我認為休息一下比較好。）

📻 kaze taihenso-desune yasunda ho-ga iito omoimasuyo

B：そうですね。今日は　早く　帰ります。（是啊。我今天早點回
きょう　　はや　かえ
去。）

📻 so-desune kyo-wa hayaku kaerimasu

🎤 056　你説的是。　05-056

その　通りです。
とお

📻 sono to-ridesu

用法　對對方所説的話表示贊同時，可以使用這句話，意為「正如你所説」。

情景對話

A：お客様の　声を　大事に　しないと　いけませんね。（必須
きゃくさま　こえ　だいじ
重視客戶的意見啊。）

📻 okyakusamano koewo daijini shinaito ikemasenne

B：その　通りです。（你説的是。）
とお

📻 sono to-ridesu

057 我什麼都行。

何でも　いいです。

nandemo iidesu

用法　當被他人問及自己的選擇和意見時，如果沒有什麼特別的想法，可以用這句話來回答對方。

情景對話

A：お昼は　何を　食べたいですか。（午飯想吃什麼？）

ohiruwa naniwo tabetaidesuka

B：何でも　いいです。（我什麼都行。）

nandemo iidesu

058 很遺憾，我無法贊成。

残念ですが、賛成できません。

zannendesuga sanse-dekimasen

用法　對他人的觀點持有不同看法時，可以用這句話來表示不贊同。

情景對話

A：野田さんの　意見は？（野田，你的意見呢？）

nodasanno ikenwa

B：残念ですが、賛成できません。（很遺憾，我無法贊成。）

zannendesuga sanse-dekimasen

🎤 059 　能請您幫一下忙嗎？ 05-059

ちょっと　お願^{ねが}いできますか。

🔲 chotto onegaidekimasuka

用 法　這句話是委婉地詢問能否拜託對方幫忙。

情 景 對 話

A：ちょっと　お願^{ねが}いできますか。（能請您幫一下忙嗎？）
🔲 chotto onegaidekimasuka

B：はい、いいですよ。（嗯，好的。）
🔲 hai iidesuyo

🎤 060 　我有事想拜託你。 05-060

頼^{たの}みが　あるんですが。

🔲 tanomiga arundesuga

用 法　「頼^{たの}み」意為「懇求，請求」，這句話是直接表明自己有求於
對方。後面一般會緊接著說出具體的請求。

情 景 對 話

A：頼^{たの}みが　あるんですが、この　郵便^{ゆうびん}はがき、どう　書^かけば　い
いですか。（我有事想拜託你，這個郵寄的明信片要怎麼寫啊？）
🔲 tanomiga arundesuga kono yu-binhagaki do- kakeba iidesuka

B：ちょっと　見^みせて　ください。（請給我看一下。）
🔲 chotto misete kudasai

186

🎤 061　怎麼辦好呢？

mp3 05-061

どう　しようかな。

🔤 do- shiyo-kana

用法　這句話表明了說話人不知道如何是好、感到很困惑，也是間接地求助對方，希望對方提出建議等。一般用於關係親近的朋友等。

情景對話

A：どう　しようかな、困ったな。（怎麼辦好呢，真是為難啊。）

🔤 do- shiyo-kana komattana

B：何の　こと？（什麼事情啊？）

🔤 nanno koto

🎤 062　請幫幫我。

mp3 05-062

助けて　ください。

🔤 tasukete kudasai

用法　當遭遇麻煩或是陷於困境時，可以用這句話來請求對方幫助自己。危急時刻可以直接用「助けて」呼救，意為「救救我」「救命啊」。

情景對話

A：車の　タイヤが　パンクしました。助けて　ください。（車子的輪胎爆了，請幫幫我。）

🔤 kurumano taiyaga pankushimashita tasukete kudasai

B：とりあえず　近くの　駐車場に　移動しましょう。（先把車子移到附近的停車場吧。）

🔤 toriaezu chikakuno chu-shajo-ni ido-shimasho-

🎤 063　無論如何能幫幫忙嗎？

何とかして　くれませんか。
なん

🔡 nantokashite kuremasenka

用 法　這句話是請求對方無論如何幫幫忙，請求的事情一般是有一定難度的、不太容易辦到的。

情 景 對 話

A：この　値段じゃ、高すぎますよ、何とかして　くれませんか。（這個價格的話太貴了，無論如何請再便宜一點。）

🔡 kono nedanja takasugimasuyo nantokashite kuremasenka

B：うーん、そう　言われても…、うちは　定価販売なので。（嗯，您這麼説我也沒辦法，因為我們是按定價銷售的。）

🔡 u-n so- iwaretemo uchiwa te-kahanbainanode

🎤 064　稍微幫一下忙。

ちょっと　手を　貸して。
て　　　か

🔡 chotto tewo kashite

用 法　這句話常用於請求對方幫個忙，一般用於關係親近的人，是比較隨意的表達方式。

情 景 對 話

A：田中君、こっちの　作業　間に　合わないんで、ちょっと　手を　貸して。（田中，這邊的工作要趕不及了，稍微幫一下忙吧。）

🔡 tanakakun kocchinosagyo- mani awanainde chotto tewo kashite

B：はい、どう　すれば　いいんですか。（好的，我要做什麼呢？）

🔡 hai do-sureba iindesuka

188

🎤 065　好啊。

mp3
05-065

いいですよ。

🔤 iidesuyo

用法　當對方向自己徵求許可，或提出請求、邀請時，都可以使用這句話來表示應允、接受。關係親近的人還可以簡單說成「いいよ」。

情 景 對 話

A：すみません、隣に　座っても　いいですか。（不好意思，我可以坐在旁邊嗎？）

🔤 sumimasen tonarini suwattemo iidesuka

B：ええ、いいですよ。（嗯，可以啊。）

🔤 e- iidesuyo

🎤 066　OK。

mp3
05-066

オッケーです。

🔤 okke-desu

用法　這句話來自英語的「OK」，表示答應或接受，用途很廣泛。更簡單的說法是「オッケー」。

情 景 對 話

A：明日は　8 時に　来て　ください。（請明天八點來。）

🔤 ashitawa hachijini kite kudasai

B：はい、オッケーです。（好的。）

🔤 hai okke-desu

🎤 067　我非常樂意。

05-067

よろこ
喜んで。

🔊 yorokonde

用法　這句話表示非常樂意接受對方的提議或邀請。「喜んで」的後面省略了具體要做的事情。注意這句話一般是下級對上級所説，或者對顧客所説的。

情景對話

A：田中君、これ　すぐ　コピー　とって　くれる？（田中，能馬上幫我複印一下這個嗎？）

🔊 tanakakun kore sugu kopi- totte kureru

B：はい、喜んで。（好的，非常樂意。）

🔊 hai yorokonde

🎤 068　好的，一定。

mp3
05-068

はい、ぜひ。

🔊 hai zehi

用法　這句話用於接受對方的邀請，並且包含了「十分想去」的意思。後面省略了具體的行為。

情景對話

A：今度　うちで　パーティーを　やるんですが、よかったら　来ませんか。（下次會在我家開派對，方便的話你也來吧？）

🔊 kondo uchide pa-ti-wo yarundesuga yokattara kimasenka

B：はい、ぜひ。（好的，我一定去。）

🔊 hai zehi

🎤 069　難得你邀請我，可……　05-069

せっかくですけど。

羅 sekkakudesukedo

用法　這句話常用於委婉拒絕對方的邀請，後面省略了拒絕的具體原因等，是日語中典型的「說半句話」的形式。日語中拒絕別人時，一般不會用直接表示拒絕的表達方式。

情景對話

A：夕飯、一緒に　どう　ですか。（一起吃晚飯怎麼樣？）

羅 yu-han isshoni do- desuka

B：せっかくですけど、今日は　ちょっと…（難得你邀請我，但是今天有點不方便。）

羅 sekkakudesukedo kyo-wa chotto

🎤 070　不是很方便。　05-070

ちょっと　都合が　悪いんです。

羅 chotto tsugo-ga waruindesu

用法　這句話是間接地拒絕對方的提議、邀請，表明自己「不太方便」，如時間上已有其他安排等。

情景對話

A：今度の　日曜日は　どう　ですか。（這個星期天怎麼樣？）

羅 kondono nichiyo-biwa do- desuka

B：すみません、その日は　ちょっと　都合が　悪いんです。（不好意思，那天不是很方便。）

羅 sumimasen sonohiwa chotto tsugo-ga waruindesu

🎤 071　我還有別的事情。　　　　　　　05-071

ほかに　用事が　ありますので。

ようじ

📖 hokani yo-jiga arimasunode

用法　這句話是直接向對方表明了拒絕對方邀請的原因，即「還有別的事情」。

情景對話

A：どうして　社員旅行に　行かないんですか。（你為什麼不參加員工旅行啊？）

しゃいんりょこう　い

📖 do-shite shainryoko-ni ikanaindesuka

B：すみません、ほかに　用事が　ありますので。（不好意思，因為我還有別的事情。）

ようじ

📖 sumimasen hokani yo-jiga arimasunode

🎤 072　沒關係的。　　　**mp3** 05-072

かまいません。

🔊 kamaimasen

用法　當對方向自己表示歉意時，可以用這句話來安慰對方。「かまいません」也可以用於對方向自己徵求許可的時候，意為「不要緊」「可以的」。

情景對話

A：水を　こぼして　しまって、すみません。（不好意思，把水灑出來了。）

🔊 mizuwo koboshite shimatte sumimasen

B：かまいません。（沒關係的。）

🔊 kamaimasen

🎤 073　不要緊。　　　**mp3** 05-073

大丈夫ですよ。

🔊 daijo-budesuyo

用法　當對方為其自身的事情而煩惱，或是對說話人的事情表示擔心、關切時，說話人可以用這一句來勸慰對方。

情景對話

A：本当に　大丈夫ですか。（真的不要緊嗎？）

🔊 honto-ni daijo-budesuka

B：大丈夫ですよ。（不要緊。）

🔊 daijo-budesuyo

🎤 074 誰都會犯錯的。

だれ しっぱい
誰だって　失敗は　しますよ。
🔲 daredatte shippaiwa shimasuyo

用法　這句話常用於對方出現失誤、經歷失敗的時候，安慰對方不用太介意。

情景對話

A：また　失敗して　しまいました。（又犯錯了。）
🔲 mata shippaishite shimaimashita

だれ しっぱい
B：誰だって　失敗は　しますよ。（誰都會犯錯的。）
🔲 daredatte shippaiwa shimasuyo

🎤 075 不是什麼大不了的事情。

たい
大した　ことではありません。
🔲 taishita kotodewaarimasen

用法　這句話用來安慰對方，用途很廣泛。如可以用於勸慰對方不用太擔心，也可以用於對方向我們表示感謝或讚賞時，包含「沒什麼大不了的」的意思。

情景對話

あし だいじょうぶ
A：足の　けが、大丈夫ですか。（你腳上的傷不要緊嗎？）
🔲 ashino kega daijo-budesuka

だいじょうぶ たい
B：大丈夫です、大した　ことではありません。（不要緊，不是什麼大不了的事情。）
🔲 daijo-budesu taishita kotodewaarimasen

194

🎤 076　別放在心上。

05-076

気に　しないで　ください。

き

羅 kini shinaide kudasai

用法　對方向我們表示感謝或者歉意的時候，常常會說這句話，讓對方別太在意、別放在心上，包含「沒關係」的意思。

情景對話

A：すみません、迷惑を　かけて　しまって。（對不起，給你添麻煩了。）

めいわく

羅 sumimasen me-wakuwo kakete shimatte

B：大丈夫大丈夫、気に　しないで　ください。（沒關係沒關係，別放在心上。）

だいじょうぶだいじょうぶ　き

羅 daijo-budaijo-bu kini shinaide kudasai

🎤 077　船到橋頭自然直。

05-077

明日は　明日の　風が　吹くよ。

あした　　　あした　　　かぜ　　　ふ

羅 ashitawa ashitano kazega hukuyo

用法　這句話相當於「船到橋頭自然直」「車到山前必有路」，常常用於安慰別人不要太悲觀。

情景對話

A：また　負けちゃった。うちの　チーム、どう　なるんですかね。（又輸了。我們隊接下來怎麼辦呢。）

ま

羅 mata makechatta uchino chi-mu do- narundesukane

B：今　自分に　できることに　集中しないと。明日は　明日の　風が　吹くよ。（你必須集中精力做好自己現在能做的事情。船到橋頭自然直啊。）

いま　じぶん　　　　　　　　しゅうちゅう　　　あした　　　あした
かぜ　　　ふ

羅 ima jibunni dekirukotoni shu-chu-shinaito ashitawa ashitano kazega hukuyo

🎤 078　振作起來！　　　　　　　　　05-078

しっかりして！

📝 shikkarishite

用法　身邊的朋友因遭受了打擊而一蹶不振或因受傷等神志不清時，可以用這句話來鼓舞對方，為對方打氣。

情景對話

A：もう　だめだ。（已經不行了。）
📝 mo- dameda

B：しっかりして！（振作起來！）
📝 shikkarishite

🎤 079　打起精神來！　　　　　　　　　05-079

元気を　出して！
（げんき）　（だ）

📝 genkiwo dashite

用法　看到朋友垂頭喪氣、心情低落時，可以用這句話來鼓勵對方打起精神來。

情景對話

A：あーあ、就活、うまく　いかないな。田舎に　帰ろうかな。（哎，找工作很不順利啊。我要不回老家算了。）
（しゅうかつ）　　　　　　（いなか）　（かえ）
📝 a-a shu-katsu umaku ikanaina inakani kaero-kana

B：何　言ってんの？元気を　出して！（説什麼呢，打起精神來！）
（なに）（い）　　（げんき）（だ）
📝 nani ittenno genkiwo dashite

🎤 080 加油！　　　　　　　　　　　mp3 05-080

がんば
頑張って。

🈁 ganbatte

用 法　這句話用於直接為對方加油打氣。很多場合都可以使用，如在比賽現場為選手加油等。

情 景 對 話

A：がんば
頑張って、きっと　うまく　いくよ。（加油，肯定會順利的。）

🈁 ganbatte kitto umaku ikuyo

B：そう　なると　いいね。（希望如此吧。）

🈁 so- naruto iine

🎤 081 我會一直支持你的！　　　　　　mp3 05-081

おうえん
いつも　応援してるよ。

🈁 itsumo o-enshiteruyo

用 法　這句話可以用來為對方加油打氣，提供精神上的支持和力量。

情 景 對 話

A：がんば　　　　　おうえん
頑張って、いつも　応援してるよ。（加油，我會一直支持你的！）

🈁 ganbatte itsumo o-enshiteruyo

B：うん、ありがとう。（嗯，謝謝。）

🈁 un arigato-

UNIT

7

祝福與讚美

🎤 082　祝你幸福。

05-082

お 幸せに。

📻 oshiawaseni

用 法　這是祝福對方幸福的話語，常用於聽説對方要結婚的時候。在祝福朋友、同事等結婚的卡片或書信上，經常會用「末永くお 幸せに」，意為「祝永遠幸福」。

情 景 對 話

A：お 幸せに。（祝你幸福。）

📻 oshiawaseni

B：ありがとうございます。（謝謝。）

📻 arigato-gozaimasu

🎤 083　生日快樂！

05-083

お誕 生 日、おめでとうございます。

📻 otanjo-bi omedeto-gozaimasu

用 法　這是祝福生日的話語，關係親近的朋友、家人之間還可以説成更簡單的「お誕 生 日、おめでとう」。

情 景 對 話

A：王さん、お誕 生 日、おめでとうございます。（小王，生日快樂！）

📻 o-san otanjo-bi omedeto-gozaimasu

B：ありがとうございます。（謝謝。）

📻 arigato-gozaimasu

🎤 084　聖誕快樂！　　　　　　　　　 05-084

メリー・クリスマス！

🔤 meri- kurisumasu

用法　這句話來自英語中的「Merry Christmas」，用於聖誕到來之時，恭祝大家「聖誕快樂」。

情景對話

A：李さん、メリー・クリスマス！（小李，聖誕快樂！）
🔤 risan meri- kurisumasu

B：あ、田中さん、メリー・クリスマス！（啊，是田中啊，聖誕快樂！）
🔤 a tanakasan meri- kurisumasu

🎤 085　很精彩！　　　　　　　　　 05-085

すばらしいです。

🔤 subarashi-desu

用法　認為某人很出色或者某個事物很精彩時，常常會不由得發出這麼一句感歎。

情景對話

A：この 映画、すばらしいですよ。（這部電影很精彩啊！）
🔤 kono e-ga subarashi-desuyo

B：ええ、私も 見ました、本当に いい 作品ですよね。（是啊，我也看了，真是部好作品。）
🔤 e- watashimo mimashita honto-ni ii sakuhindesuyone

199

🎙 086　真是了不起。　　　　　　　05-086

たい
大した　もんですね。

🔲 taishita mondesune

用法　這句話用於誇讚某人超乎尋常的表現，説話人帶有驚訝的語氣。注意不能對長輩或上級使用這句話。

情景對話

A：デビュー早々　受賞する　なんて、大した　もんですね。（剛出道就獲獎，真是了不起。）

🔲 debyu-so-so- jusho-suru nante taishita mondesune

B：いいえ、たまたま　運が　よかっただけです。（哪裡，只是碰巧運氣好罷了。）

🔲 iie tamatama unga yokattadakedesu

🎙 087　做得不錯。　　　　　　　　05-087

よく　できましたね。

🔲 yoku dekimashitane

用法　這句話用於誇讚對方某個事情完成得出色。通常是長輩對晚輩、上級對下級使用的。

情景對話

A：よく　できましたね。（做得不錯。）

🔲 yoku dekimashitane

せんせい　　ほ
B：先生に　褒められて　うれしいです。（很高興得到老師的表揚。）

🔲 sense-ni homerarete ureshi-desu

🎤 088　厲害！

すごい！

🔤 sugoi

用 法　這句話常用於誇獎對方厲害，包含了説話人的欽佩之情。

情 景 對 話

A：木村さん、すごい！こういう　ものも　作れるんですか。（木
村，你真厲害！這種東西也會做嗎？）

🔤 kimurasan sugoi ko-iu monomo tsukurerundesuka

B：まあ、趣味で　やってますけど。（也沒什麼，是作為愛好在做。）

🔤 ma- shumide yattemasukedo

🎤 089　了不起！

えらい！

🔤 erai

用 法　這句話常用於長輩稱讚晚輩、大人稱讚小孩子等。

情 景 對 話

A：僕、将来　スーパーマンに　なって、ママを　守るんだ。（我
將來要變成超人，保護媽媽。）

🔤 boku sho-rai su-pa-manni natte mamawo mamorunda

B：えらい！武ちゃん。（小武真了不起！）

🔤 erai takeruchan

UNIT
8

電話與拜訪

🎤 090　你好，我是鈴木。

もしもし、鈴木です。
すずき

🔤 moshimoshi suzukidesu

用法　電話響時，接電話的一方拿起電話後首先用這句話來「自報家門」。

情景對話

A：はい、もしもし、鈴木です。（喂，你好，我是鈴木。）
すずき
🔤 hai moshimoshi suzukidesu

B：鈴木さん、中村ですが。（鈴木，我是中村。）
すずき　　なかむら
🔤 suzukisan nakamuradesuga

🎤 091　是田中先生家嗎？

05-091

田中さんの　お宅ですか。
たなか　　　　　たく

🔤 tanakasanno otakudesuka

用法　打電話的一方可以使用這句話來確認自己是否撥對了號碼。

情景對話

A：田中さんの　お宅ですか。（是田中先生家嗎？）
たなか　　　　　たく
🔤 tanakasanno otakudesuka

B：はい、田中です。（是的，這裡是田中家。）
たなか
🔤 hai tanakadesu

092 田中先生在嗎？ 05-092

田中さんは　いますか。
た なか

羅 tanakasanwa imasuka

用法　打電話到對方家中，一般用這句話來告訴接電話的一方自己想要找的人。

情 景 對 話

A：田中さんは　いますか。（田中先生在嗎？）
た なか

羅 tanakasanwa imasuka

B：はい、います。（嗯，他在。）

羅 hai imasu

093 請稍等。 05-093

ちょっと　待って　ください。
ま

羅 chotto matte kudasai

用法　這句話是請求對方稍作等待，可用於很多場合。

情 景 對 話

A：李さんは　いますか。（小李在嗎？）
り

羅 risanwa imasuka

B：はい、ちょっと　待って　ください。（嗯，請稍等一下。）
ま

羅 hai chotto matte kudasai

🎙 094　田中現在不在家。　　　　　　　　　05-094

田中は　今　留守です。

🈁 tanakawa ima rusudesu

用法　接電話時，如果對方想要找的人不在家時，可以對打電話的人使用這句話。

情 景 對 話

A：田中さんは　いますか。（田中先生在嗎？）
🈁 tanakasanwa imasuka

B：田中は　今　留守です。（田中他現在不在家。）
🈁 tanakawa ima rusudesu

🎙 095　有人嗎？　　　　　　　　　　　　　05-095

ごめんください。

🈁 gomenkudasai

用法　去別人家裡拜訪時，按門鈴後還可以用這句話來詢問家裡是否有人。

情 景 對 話

A：ごめんください。（有人嗎？）
🈁 gomenkudasai

B：はーい。（來啦。）
🈁 ha-i

🎤 096　請問是哪位？

mp3
05-096

どちら様ですか。

圖 dochirasamadesuka

用法　這句話常用於禮貌地詢問對方的身份。家裡有人敲門或按門鈴時，開門之前也可以先用這句話來詢問。

情景對話

A：すみませんが、どちら様ですか。（不好意思，請問您是哪位？）
圖 sumimasenga dochirasamadesuka

B：日本大学の　鈴木と　申します。（我是日本大學的鈴木。）
圖 nihondaigakuno suzukito mo-shimasu

🎤 097　請進。

mp3
05-097

どうぞ　上がって　ください。

圖 do-zo agatte kudasai

用法　主人邀請前來拜訪的客人進入家中，都會用到這句話。更隨便的說法是「どうぞ上がって」。

情景對話

A：どうぞ　上がって　ください。（請進。）
圖 do-zo agatte kudasai

B：お邪魔します。（打擾了。）
圖 ojamashimasu

🎤 098 打擾了。

05-098

お邪魔します。

🔤 ojamashimasu

用法 去別人家裡拜訪，進門時一般會習慣性地説上這句話。而離開時，會説「お邪魔しました。（剛剛打擾了）」。

情景對話

A：どうぞ 上がって。（請進。）
🔤 do-zo agatte

B：はい、お邪魔します。（好的，那就打擾了。）
🔤 hai ojamashimasu

🎤 099 不用張羅了。

05-099

おかまいなく。

🔤 okamainaku

用法 當主人忙著準備茶水、點心等來招待自己時，出於禮貌可以使用這句話，讓主人不要那麼客氣。

情景對話

A：お茶を どうぞ。（請喝茶。）
🔤 ochawo do-zo

B：おかまいなく。（不用張羅了。）
🔤 okamainaku

🎙 100　請別客氣。

mp3
05-100

どうぞ　ご遠慮<ruby>遠慮<rt>えんりょ</rt></ruby>なく。

羅 do-zo goenryonaku

用法　招待客人喝茶或用餐等，希望客人不要太過拘謹、客氣時，通常會説這句話。

情景對話

A：どうぞ　ご遠慮<ruby>遠慮<rt>えんりょ</rt></ruby>なく。（請別客氣。）
羅 do-zo goenryonaku

B：じゃ、いただきます。（那我就不客氣了。）
羅 ja itadakimasu

第四堂課　掌握句型、鞏固基礎

UNIT

1

基本句子結構

　　日語的句子結構與漢語有很大的不同,主要體現在賓語與謂語的先後順序上。漢語的基本語序為「主語＋謂語＋賓語」,而日語的基本語序為「主語＋賓語＋謂語」。日語中最常出現的句子結構有以下四種形式。

1. 主謂結構

1. 名詞謂語句

わたしは 　学生^{がくせい}です。(我是學生。)

主語　　　　謂語

　我　　　　學生 是

羅 watashiwa gakuse-desu

---

2. 形容詞謂語句

桜^{さくら}は 　　きれいです。(櫻花很漂亮。)

主語　　　　謂語

櫻花　　　　漂亮 是

羅 sakurawa kire-desu

---

3. 動詞謂語句

子どもは 　遊^{あそ}んでいます。(孩子正在玩耍。)

主語　　　　謂語 (自動詞)

孩子　　　　正在 玩耍

羅 kodomowa asondeimasu

2. 主賓謂結構（他動詞）

鈴木さんは　英語を　勉強します。（鈴木學習英語。）
<ruby>鈴木<rt>すずき</rt></ruby>　　<ruby>英語<rt>えいご</rt></ruby>　<ruby>勉強<rt>べんきょう</rt></ruby>

　主語　　　　賓語　　　謂語（他動詞）

　鈴木　　　　英語　　　學習

羅 suzukisanwa e-gowo benkyo-shimasu

3. 主補謂結構

1. 主語 + 補語 + 謂語

李さんは　　電車で　　通勤します。（小李乘電車上下班。）
<ruby>李<rt>り</rt></ruby>　　　<ruby>電車<rt>でんしゃ</rt></ruby>　<ruby>通勤<rt>つうきん</rt></ruby>

　主語　　　　補語　　　　謂語

　小李　　　（利用）電車　上下班

羅 risanwa denshade tsu-kinshimasu

2. 主語 + 補語 + 賓語 + 謂語

彼は　友だちに　プレゼントを　贈りました。（他送了禮物給朋友。）
<ruby>彼<rt>かれ</rt></ruby>　<ruby>友<rt>とも</rt></ruby>　　　　　　　<ruby>贈<rt>おく</rt></ruby>

　主語　補語　　　　賓語　　　　　謂語

　他　（對）朋友　　禮物　　　　　送

羅 karewa tomodachini purezentowo okurimashita

4. 主狀謂結構

06-004

1. 主語 + 狀語 + 謂語

かのじょ　　　しず　　　　な
彼女は　　　静かに　　　泣いています。（她在靜靜地哭泣。）

主語	狀語	謂語
她	安靜地	正在哭

羅 kanojowa shizukani naiteimasu

---

2. 主語 + 賓語 + 狀語 + 謂語

かのじょ　せんせい　はなし　　しず　　　き
彼女は　先生の　話を　静かに　聞いています。（她安靜地聽著老師説話。）

主語	賓語	狀語	謂語
她	老師的話	安靜地	正在聽

羅 kanojowa sense-nohanashiwo shizukani kiiteimasu

　　日語的單詞和單詞之間（除了副詞和部分名詞）需要借助助詞來連接，不能獨立地出現在句子中。助詞體現了其前面的單詞在句中的成分，所以是很重要的，下面就來介紹幾個常見的助詞。

わたしは　学生です。（我是學生。）

　　我　　　學生　是

🔊 watashiwa gakuse-desu

講解　「は」作助詞的時候讀作「wa」，這裡的「わたし」是句子的主語，「は」用於提示主語（或主題）。

おなかが　痛いたいです。（肚子疼。）

　　肚子　　　　　疼

🔊 onakaga itaidesu

講解　「が」前面的「おなか」是句子的主語，「が」用於提示主語。

わたしも　学生です。（我也是學生。）

　　我　也　學生　是

🔊 watashimo gakuse-desu

講解　「も」相當於中文的「也」，用於提示主語。

004 の

07-004

わたしの 本（我的書）
　我　的　書

　watashino hon

　講解　「の」前面的「わたし」是「本」的所有者，這裡的「の」表示所屬。相當於中文的「的」。

 005 と

07-005

李さんと 鈴木さん （小李和鈴木）
　小李　和　　鈴木

　risanto suzukisan

　講解　「と」相當於中文的「和」，用來連接前後兩個名詞。

 006 を

07-006

新聞を 読みます。（讀報紙。）
　報紙　　　　　讀

　shinbunwo yomimasu

　講解　「を」前面的「新聞」是「読みます」的賓語，所以，它起著連接賓語和謂語的作用（還記得嗎，日語的謂語是在賓語的後面的）。

007 に

1. 朝 6 時に 起きます。（早上六點起床。）

早上　六點　　　起床

asa rokujini okimasu

講解　「に」前面的「朝 6 時」是作「起きます」這一動作的時間點，「に」在這裡表示時間。

2. 家に 帰ります。（回家。）

家　　　　　回

ieni kaerimasu

講解　「に」前面的「家」是作「帰ります」這一動作的目的地，「に」在這裡表示動作的方向或目的地。另外，它也可以表示動作的著落點，如「椅子に 座ります（坐在椅子上）」。

3. 李さんに 日本語を 教えます。（教小李日語。）

小李　　　　　日語　　　　　教

risanni nihongowo oshiemasu

講解　「に」前面的「李さん」是作「教えます」這一動作的接受者，「に」在這裡表示動作的對象。

008 で

1. 家で 勉強します。（在家學習。）

家 在　　　學習

iede benkyo-shimasu

講解　「で」前面的「家」是作「勉強します」這一動作的地點。相當於中文的「在」。

2. バスで 帰^{かえ}ります。（坐公交車回家。）

公交車　利用　　回家

basude kaerimasu

講 解　這句話中，回家的工具是「バス」，「で」用來表示動作的工具、方法或手段。相當於中文的「用」「以」。

3. 病気^{びょうき}で　遅^{おく}れました。（因為生病遲到了。）

生病 因為　　　遲到

byo-kide okuremashita

講 解　這句話中，遲到的原因是「病気^{びょうき}」，「で」用來表示後面事項的原因。相當於中文的「因為」。

009　から　　　　　　　　　　　　mp3　07-009

1. 7時^{しちじ}から 9時^{くじ}まで 勉強^{べんきょう} します。（從七點到九點學習。）

七點 開始　　九點 為止　　　學習

shichijikara kujimade benkyo-shimasu

講 解　這裡的「から」表示起點，一般和「まで」搭配使用，表示時間的範圍。另外，「から」和「まで」還可以表示空間上的範圍，如「家^{いえ}から公園^{こうえん}まで散歩^{さんぽ}します（從家裡散步到公園）」。這裡的「から」相當於中文的「從……」。

2. 疲^{つか}れたから 先^{さき}に 帰^{かえ}りました。（因為累了，所以先回去了。）

累了　因為　先　回去了

tsukaretakara sakini kaerimashita

講 解　這裡的「から」表示「先^{さき}に帰^{かえ}りました」的原因。

　　根據句子謂語的不同，可以將日語的句子分為判斷句、存在句、陳述句和描寫句四大類型。

1. 判斷句

　　判斷句最明顯的特徵即句末是名詞後面接「です / でした / ではありません / ではありませんでした」，所以看到這樣的組合就可以知道是判斷句了。

08-001

わたしは　　学生<ruby>学生<rt>がくせい</rt></ruby>です。（我是學生。）
　　我　　　學生　是
　watashiwa gakuse-desu

講解　「は」是助詞，讀作「wa」。「です」相當於中文的「是」，放於句末。「～は～です」的疑問形式為「～は～ですか」。

例句

・<ruby>李<rt>り</rt></ruby>さんは　<ruby>中国人<rt>ちゅうごくじん</rt></ruby>です。/ 小李是中國人。
　risanwa chu-gokujindesu

・<ruby>鈴木<rt>すずき</rt></ruby>さんは　<ruby>会社員<rt>かいしゃいん</rt></ruby>です。/ 鈴木是公司職員。
　suzukisanwa kaishaindesu

・これは　りんごです。/ 這是蘋果。
　korewa ringodesu

08-002

わたしは 学生^{がくせい}ではありません。（我不是學生。）

　　　　我　　　學生　　　不是

🔤 watashiwa gakuse-dewaarimasen

講 解　　「ではありません」是「です」的否定形式。

例 句

・母^{はは}は　主婦^{しゅふ}ではありません。/ 母親不是家庭主婦。

🔤 hahawa shuhudewaarimasen

・あの人^{ひと}は　田中^{たなか}さんではありません。/ 那個人不是田中。

🔤 anohitowa tanakasandewaarimasen

・それは　本^{ほん}ではありません。/ 那不是書。

🔤 sorewa hondewaarimasen

08-003

わたしは 学生^{がくせい}でした。（我以前是學生。）

　　　　我　　　學生　以前是

🔤 watashiwa gakuse-deshita

講 解　　「でした」是「です」的過去式。

例 句

・父^{ちち}は　運転手^{うんてんしゅ}でした。/ 父親以前是司機。

🔤 chichiwa untenshudeshita

・昨日は　雨でした。/ 昨天下雨了。
きのう　　あめ

　羅 kino-wa amedeshita

・ここは　工 場 でした。/ 這裡以前是工廠。
　　　　こうじょう

　羅 kokowa ko-jo-deshita

わたしは　作家ではありませんでした。（我以前不是作家。）
　　　　さっか

　　　我　　　作家　　　　以前不是

　羅 watashiwa sakkadewaarimasendeshita

講 解 　「ではありませんでした」是「です」的過去否定形式，可以把它看成「ではありません＋でした」的結合。

例 句

・ 昔 、ここは　遊 園地ではありませんでした。/ 以前，這裡不是遊
　むかし　　　　　ゆうえんち
樂園。

　羅 mukashi kokowa yu-enchidewaarimasendeshita

・昨日は　晴れではありませんでした。/ 昨天不是晴天。
　きのう　　は

　羅 kino-wa haredewaarimasendeshita

・田中さんは　お医者さんではありませんでした。/ 田中以前不是
　たなか　　　　いしゃ
醫生。

　羅 tanakasanwa oishasandewaarimasendeshita

2. 存在句

存在句最明顯的特徵即句末是「あります / います」，簡單吧？

mp3 08-005

家に テレビが あります。（家裡有台電視。）

家　　　　電視　　　　有

羅 ieni terebiga arimasu

講解　「～に～があります」表示某地有某物，其中「が」前面的名詞是除人和動物以外的沒有意志的東西。其否定形式為「～には～が /はありません」，疑問形式為「～に～がありますか」。

例句

・机の 上に ペンが あります。/ 桌上有支筆。

　羅 tsukueno ueni penga arimasu

・部屋の 中には 椅子が ありません。/ 房間裡沒有椅子。

　羅 heyano nakaniwa isuga arimasen

・冷蔵庫の 中に ビールが ありますか。/ 冰箱裡有啤酒嗎？

　羅 re-zo-kono nakani bi-ruga arimasuka

mp3 08-006

机の 下に 猫が います。（桌子下面有只貓。）

桌子的　下面　　貓　　　有

羅 tsukueno shitani nekoga imasu

講解　「～に～がいます」表示某地有某人或某物，其中「が」前面的名詞是人和動物等有意志的東西。其否定形式為「～には～が /はいません」，疑問形式為「～に～がいますか」。

例 句

・病室に おばあさんが います。/ 病房裡有位老奶奶。
　羅 byo-shitsuni oba-sanga imasu

・かごの 中には 鳥は いません。/ 籠子裡沒有鳥。
　羅 kagono nakaniwa toriwa imasen

・動物園に パンダが いますか。/ 動物園裡有大熊貓嗎?
羅 do-butsuenni pandaga imasuka

08-007

本は 机の 上に <u>あります</u>。（書在桌子上。）
　書　　桌子的　上面　　　　在
羅 honwa tsukueno ueni arimasu

講 解　「～は～にあります」表示某物在某地,其中「は」前面的名詞是除人和動物以外的沒有意志的東西。其否定形式為「～は～にありません」,疑問形式為「～は～にありますか」。

例 句

・李さんの ペンは かばんの 中に あります。/小李的筆在包裡。
　羅 risanno penwa kabanno nakani arimasu

・その CD は 本棚の 上に ありません。/ 那張 CD 不在書架上。
　羅 sono shi-di-wa hondanano ueni arimasen

・ビールは 冷蔵庫に ありますか。/ 啤酒在冰箱裡嗎?
　羅 bi-ruwa re-zo-koni arimasuka

猫は　机の　下に　います。（貓在桌子下面。）

貓　　桌子的　下面　　在

羅 nekowa tsukueno shitani imasu

講解　「～は～にいます」表示某人或某物在某地，其中「は」前面的主語是人和動物等有意志的東西。其否定形式為「～は～にいません」，疑問形式為「～は～にいますか」。

例句

・王さんは　教室に　います。/ 小王在教室裡。

羅 o-sanwa kyo-shitsuni imasu

・ワンちゃんは　庭に　いません。/ 小狗不在院子裡。

羅 wanchanwa niwani imasen

・鈴木さんは　会社に　いますか。/ 鈴木在公司嗎？

羅 suzukisanwa kaishani imasuka

08-009

図書館は　どこですか。（圖書館在哪裡？）

圖書館　　哪裡　是嗎？

羅 toshokanwa dokodesuka

講解　「～はどこですか」用於詢問某人或某物在哪裡。還可以用「～はどこにありますか」或「～はどこにいますか」。

例句

・お手洗いは　どこですか。/ 衛生間在哪裡？

羅 otearaiwa dokodesuka

・わたしの　ペンは　どこに　ありますか。/ 我的筆在哪裡？
　羅 watashino penwa dokoni arimasuka

・おばあさんは　どこに　いますか。/ 老奶奶在哪裡？
　羅 oba-sanwa dokoni imasuka

3. 陳述句

　　陳述句是以動詞作謂語，用於敘述某個動作行為或現象等。它最明顯的特徵就是動詞作謂語，即句末是「ます / ません / ました / ませんでした」。

mp3
08-010

王さんは　学校へ　行きます。（小王去學校。）
　　小王　　　學校　　　去
　羅 o-sanwa gakko-e ikimasu

講解　「行きます」是自動詞，也就是不及物動詞，它沒有賓語。「學校」是「行きます」這一動作的方向，用助詞「へ」表示，讀作「e」。「行きます」的否定形式為「行きません」。

例句

・子どもたちは　遊んで　います。/ 孩子們在玩耍。
　羅 kodomotachiwa asonde imasu

・田中さんは　毎朝　6 時に　起きます。/ 田中每天早上六點起床。
　羅 tanakasanwa maiasa rokujini okimasu

・王さんは　今日　会社へ　行きません。/ 小王今天不去公司。
　羅 o-sanwa kyo- kaishae ikimasen

王さんは　昨日　学校へ　行き<u>ました</u>。（小王昨天去了學校。）

　　小王　　昨天　　學校　　　去了

 o-sanwa kino- gakko-e ikimashita

講解　「行きました」是「行きます」的過去式。「行きました」的
否定形式為「行きませんでした」。

例句

・鈴木さんは　面接に　行きました。/ 鈴木去面試了。

　 suzukisanwa mensetsuni ikimashita

・田中さんは　昨日　家に　帰りませんでした。/ 田中昨天沒回家。

　 tanakasanwa kino- ieni kaerimasendeshita

・お父さんは　会社に　行きましたか。/ 爸爸去公司了嗎？

　 oto-sanwa kaishani ikimashitaka

昼ご飯は　カレーを　食べ<u>ます</u>。（午飯吃咖喱（飯）。）

　午飯　　　咖喱　　　吃

　 hirugohanwa kare-wo tabemasu

講解　與前兩句不同，「食べます」是他動詞，也就是及物動詞，「を」
前面的名詞就是它的賓語。在第 1 單元句子結構的部分已經説明過日語
的賓語在他動詞前面，這是區別於漢語的一大特點。

例句

・わたしは　毎晩　日本語を　勉強します。/ 我每天晚上學習
日語。

　　watashiwa maiban nihongowo benkyo-shimasu

・お父さんは　毎朝　新聞を　読みます。/ 爸爸每天早上看報紙。

　　oto-sanwa maiasa shinbunwo yomimasu

・夜は　テレビを　見ます。/ 晚上看電視。

　　yoruwa terebiwo mimasu

昨日は　映画を　見ました。（昨天看了電影。）

　　昨天　　　　電影　　　　看了

　　kino-wa e-gawo mimashita

講解　「見ました」是「見ます」的過去式。「見ました」的否定形
式是「見ませんでした」。

例句

・さっき　ジュースを　飲みました。/ 剛才喝了一杯果汁。

　　sakki ju-suwo nomimashita

・母から　誕生日プレゼントを　もらいました。/ 我從媽媽那裡
收到了生日禮物。

　　hahakara tanjo-bipurezentowo moraimashita

・今朝は　水も　飲みませんでした。/ 今天早上連杯水都沒喝。

　　kesawa mizumo nomimasendeshita

4. 描寫句

描寫句是用イ形容詞或ナ形容詞作謂語,用於描述事物的性質或狀態等的句子。它最明顯的特徵就是在句末,即イ形容詞或者ナ形容詞後面接「です / くありません / ではありません」。

08-014

ふ じ さん
富士山は 　高いです。 （富士山很高。）
　　　　　　　　　たか

富士山 　　　　高
羅 hujisanwa takaidesu

講解 「高い」是イ形容詞,它的否定形式為「高くありません」,疑問形式為「高いですか」。

例句

・この　りんごは　甘いです。 / 這個蘋果很甜。
　　　　　　　　　あま
羅 kono ringowa amaidesu

・その　かばんは　安くありません。 / 那個包不便宜。
　　　　　　　　　やす
羅 sono kabanwa yasukuarimasen

がっこう　　 とお
・学 校は　遠いですか。/ 學校遠嗎?
羅 gakko-wa to-idesuka

08-015

さくら
桜 は 　きれいです。 （櫻花很漂亮。）

櫻花 　　　　漂亮
羅 sakurawa kire-desu

講解 「きれい」是ナ形容詞,它的否定形式為「きれいではありません」,疑問形式為「きれいですか」。

例句

・この　町<ruby>は</ruby>　にぎやかです。/ 這座城市很熱鬧。

　　kono machiwa nigiyakadesu

・この　ビルは　立派<ruby>りっぱ</ruby>ではありません。/ 這座大廈不雄偉。

　　kono biruwa rippadewaarimasen

・図書館<ruby>としょかん</ruby>は　静<ruby>しず</ruby>かですか。/ 圖書館安靜嗎？

　　toshokanwa shizukadesuka

田中<ruby>たなか</ruby>さんは　英語<ruby>えいご</ruby>が　<u>上手<ruby>じょうず</ruby>です</u>。（田中很擅長英語。）

　　　田中　　　　英語　　　　擅長

　　tanakasanwa e-goga jo-zudesu

講解　「上手」是表示能力的ナ形容詞，它的對象用「が」表示。也就是説，「が」前面的「英語<ruby>えいご</ruby>」表示對象。

例句

・王<ruby>おう</ruby>さんは　ピアノが　上手<ruby>じょうず</ruby>です。/ 小王擅長彈鋼琴。

　　o-sanwa pianoga jo-zudesu

・鈴木<ruby>すずき</ruby>さんは　英語<ruby>えいご</ruby>が　できません。/ 鈴木不會英語。

　　suzukisanwa e-goga dekimasen

・わたしは　料理<ruby>りょうり</ruby>が　下手<ruby>へた</ruby>です。/ 我不擅長做飯。

　　watashiwa ryo-riga hetadesu

UNIT
4

必
備
句
型
100

1. 指代與介紹

📱 001　これ / それ / あれは～です。

這個 / 那個是……

🔊 kore/sore/arewa ～ desu

「これ」「それ」「あれ」是指示代詞，用來指代事物。「これ」指代離説話人近的事物，「それ」指代離聽話人近的事物，而「あれ」指代離説話雙方都較遠的事物。

- これは　辞書（じしょ）です。（這是詞典。）
  🔊 korewa jishodesu

- これは　ハンドクリームです。（這是護手霜。）
  🔊 korewa handokuri-mudesu

- それは　日本語（にほんご）の　雑誌（ざっし）です。（那是日語雜誌。）
  🔊 sorewa nihongono zasshidesu

- それは　李（り）さんの　ノートです。（那是小李的筆記本。）
  🔊 sorewa risanno no-todesu

- あれは　わたしの　消（け）しゴムです。（那是我的橡皮擦。）
  🔊 arewa watashino keshigomudesu

- あれは　姉（あね）の　かばんです。（那是姐姐的包。）
  🔊 arewa aneno kabandesu

📱 002　この / その / あの～は～です。

這個……／ 那個……是……

🔊 kono/sono/ano ～ wa ～ desu

「この」「その」「あの」的後面要接名詞，不能單獨使用。

- この　りんごは　新鮮です。（這個蘋果很新鮮。）

  kono ringowa shinsendesu
- この　鍵は　田中さんのです。（這把鑰匙是田中的。）

  kono kagiwa tanakasannodesu

- その　写真は　古いです。（那張照片很舊了。）

  sono shashinwa huruidesu

- その　アイディアは　よくないです。（那個主意不太好。）

  sono aidiawa yokunaidesu

- あの　店は　有名です。（那家店很有名。）

  ano misewa yu-me-desu

- あの　人は　鈴木さんの　お兄さんです。（那個人是鈴木的哥哥。）

  ano hitowa suzukisanno oni-sandesu

003　〜に、〜が　あります/います。

09-003

在……有……

〜 ni、〜 ga arimasu/imasu

這是存在句型，「に」表示場所，「が」表示主語。「あります」表示無意志事物的存在，「います」表示有意志事物的存在。

- 冷蔵庫の　中に　飲み物が　あります。（冰箱裡有飲料。）

  re-zo-kono nakani nomimonoga arimasu
- 机の　上に　本が　あります。（桌上有本書。）

  tsukueno ueni honga arimasu

- 田中先生の　後ろに　キムさんが　います。（田中老師的後面是小金。）
  - tanakasense-no ushironi kimusanga imasu
- テーブルの　下に　猫が　います。（桌子下面有隻貓。）
  - te-buruno shitani nekoga imasu

📱 004 ～は～に　あります／います。

……在……

～ wa ～ ni arimasu/imasu

這是存在句型，「に」表示場所，「は」表示存在的主體。

- ペンは　引き出しの　中に　あります。（鋼筆在抽屜裡。）
  - penwa hikidashino nakani arimasu
- 枕は　ベッドの　上に　あります。（枕頭在床上。）
  - makurawa beddono ueni arimasu

- 田中さんは　今　会社に　います。（田中現在在公司。）
  - tanakasanwa ima kaishani imasu
- 犬は　庭に　います。（狗在院子裡。）
  - inuwa niwani imasu

📱 005 ～は　どこですか。 09-005

……在哪裡？

～ wa dokodesuka

這是一個疑問句，用來詢問某人或某物在何處。「どこ」意為「哪裡」，句末的「か」表示疑問。

・地下鉄の 駅は どこですか。（地鐵站在哪裡？）
　羅 chikatetsuno ekiwa dokodesuka

・出口は どこですか。（出口在哪裡？）
　羅 deguchiwa dokodesuka

・お手洗いは どこですか。（洗手間在哪裡？）
　羅 otearaiwa dokodesuka

・映画館は どこですか。（電影院在哪裡？）
　羅 e-gakanwa dokodesuka

2. 時間與順序

📱 006　　～は　もう～。　　　　　　mp3　09-006

……已經……
羅 ～ wa mo- ～

「もう」是副詞，意為「已經」。後面接動詞的時候，一般用過去式「～ました」的形式。

・田中さんは　もう　家に　帰りました。（田中已經回家了。）
　羅 tanakasanwa mo- ieni kaerimashita

・あの　店は　もう　閉まりました。（那家店已經關門了。）
　羅 ano misewa mo- shimarimashita

・学園祭は　もう　終わりました。（校園文化節已經結束了。）
　羅 gakuensaiwa mo- owarimashita

・桜は　もう　満開です。（櫻花已經盛開了。）
　羅 sakurawa mo- mankaidesu

007 〜は まだ〜。

mp3
09-007

……還沒……

〜 wa mada 〜

「まだ」是副詞，意為「還」「尚」。與句末的否定形式呼應使用，表示「還沒有……」。

・課長は まだ 来て いません。（課長還沒來。）

　kacho-wa mada kite imasen

・ご飯は まだ 食べて いません。（還沒吃飯。）

　gohanwa mada tabete imasen

・李さんは まだ 起きて いません。（小李還沒起床。）

　risanwa mada okite imasen

・わたしは まだ 知りません。（我還不知道。）

　watashiwa mada shirimasen

008 〜ながら〜。

mp3
09-008

一邊……一邊……

〜 nagara 〜

這個句型表示兩個動作同時進行。

・手を 振りながら 叫んで います。（邊揮手邊叫喊。）

　tewo hurinagara sakende imasu

・笑いながら 話して います。（笑着交談。）

　warainagara hanashite imasu

・聞きながら メモを 取ります。（邊聽邊做筆記。）

　kikinagara memowo torimasu

・汗を かきながら ラーメンを 食べます。（邊擦汗邊吃拉麵。）

　羅 asewo kakinagara ra-menwo tabemasu

做完⋯⋯後做⋯⋯

羅 〜 tekara 〜

這個句型表示動作的先後順序，即做完前項的動作之後再做後項的動作。

・夕食を食べてから 散歩に 行きます。（吃過晚飯後去散步。）

　羅 yu-shokuwo tabetekara sanponi ikimasu

・宿題を してから 遊びに 行きます。（做完作業後去玩。）

　羅 shukudaiwo shitekara asobini ikimasu

・チケットを 買ってから 入場 します。（買好票後進場。）

　羅 chikettowo kattekara nyu-jo-shimasu

・家に 帰ってから ご飯を 作ります。（回到家之後做飯。）

　羅 ieni kaettekara gohanwo tsukurimasu

在⋯⋯之前做⋯⋯

羅 〜 maeni 〜 masu

這個句型表示在做前項動作之前，先做後項動作。

・食事の 前に 手を 洗います。（吃飯前先洗手。）

　羅 shokujino maeni tewo araimasu

・パーティーの 前に プレゼントを 買います。（派對開始前買好禮物。）

　羅 pa-ti-no maeni purezentowo kaimasu

- <ruby>会議<rt>かいぎ</rt></ruby>の <ruby>前<rt>まえ</rt></ruby>に <ruby>資料<rt>しりょう</rt></ruby>を <ruby>準備<rt>じゅんび</rt></ruby>します。（開會前準備好資料。）

  kaigino maeni shiryo-wo junbishimasu

- スーパーに <ruby>行く<rt>い</rt></ruby> <ruby>前<rt>まえ</rt></ruby>に <ruby>本屋<rt>ほんや</rt></ruby>に <ruby>行き<rt>い</rt></ruby>ます。（去超市前先去一下書店。）

  su-pa-ni iku maeni honyani ikimasu

📱 011　～ている　ところです。

正在……

　～ teiru tokorodesu

這個句型表示動作正在進行。動詞接「ている」的形式是表示動作的持續。

- <ruby>食事<rt>しょくじ</rt></ruby>を　している　ところです。（正在吃飯。）

  shokujiwo shiteiru tokorodesu

- <ruby>太郎君<rt>たろうくん</rt></ruby>は　<ruby>今<rt>いま</rt></ruby>　<ruby>寝<rt>ね</rt></ruby>ている　ところです。（太郎現在正在睡覺。）

  taro-kunwa ima neteiru tokorodesu

- <ruby>中村<rt>なかむら</rt></ruby>さんは　<ruby>今<rt>いま</rt></ruby>　<ruby>勉強<rt>べんきょう</rt></ruby>している　ところです。（中村現在正在學習。）

  nakamurasanwa ima benkyo-shiteiru tokorodesu

- お<ruby>風呂<rt>ふろ</rt></ruby>に　<ruby>入<rt>はい</rt></ruby>っている　ところです。（正在洗澡。）

  ohuroni haitteiru tokorodesu

📱 012　～た　ところです。

09-012

剛做完……

　～ ta tokorodesu

這個句型表示某個動作剛剛結束。「ところです」的前面接動詞的過去式。

- 今、家に 着いた ところです。（剛剛到家。）
  羅 ima ieni tsuita tokorodesu
- レポートを 出した ところです。（剛提交了小論文。）
  羅 repo-towo dashita tokorodesu
- 会議が 終わった ところです。（會議剛結束。）
  羅 kaigiga owatta tokorodesu
- ちょうど 主人が 帰って きた ところです。（我丈夫剛好回來了。）
  羅 cho-do shujinga kaette kita tokorodesu

📖 013 　〜て しまいました。

做了……
羅 〜 te shimaimashita

這個句型表示某個動作的完成、結束。動作的結果一般是不希望出現的，通常包含遺憾、後悔的語氣。

- 傘を 電車の 中に 忘れて しまいました。（把傘忘在電車上了。）
  羅 kasawo denshano nakani wasurete shimaimashita
- 学校に 遅れて しまいました。（上學遲到了。）
  羅 gakko-ni okurete shimaimashita
- 財布を なくして しまいました。（把錢包弄丟了。）
  羅 saihuwo nakushite shimaimashita
- お皿を 割って しまいました。（摔碎了盤子。）
  羅 osarawo watte shimaimashita

📄 014　～た　ことが　あります。

09-014

曾經……過

🔈 ～ ta kotoga arimasu

這個句型表示曾經有過某種經歷，「こと」的前面要用動詞的過去式。

- シュークリームを　<ruby>食<rt>た</rt></ruby>べた　ことが　あります。（吃過泡芙。）
  🔈 shu-kuri-muwo tabeta kotoga arimasu
- <ruby>鈴木<rt>すずき</rt></ruby>さんに　<ruby>会<rt>あ</rt></ruby>った　ことが　あります。（見過鈴木。）
  🔈 suzukisanni atta kotoga arimasu
- アルバイトを　した　ことが　あります。（曾經打過工。）
  🔈 arubaitowo shita kotoga arimasu
- パリに　<ruby>行<rt>い</rt></ruby>った　ことが　あります。（曾經去過巴黎。）
  🔈 parini itta kotoga arimasu

3. 日常交際

📄 015　<ruby>今日<rt>きょう</rt></ruby>は～ですね。

09-015

今天……啊。

🔈 kyo-wa ～ desune

這個句型常用於人們的日常寒暄，如可以用來談論天氣等。「ですね」的前面可以用名詞、イ形容詞、ナ形容詞等。

- <ruby>今日<rt>きょう</rt></ruby>は　<ruby>暑<rt>あつ</rt></ruby>いですね。（今天真熱啊。）
  🔈 kyo-wa atsuidesune
- <ruby>今日<rt>きょう</rt></ruby>は　クリスマスですね。（今天是聖誕節啊。）
  🔈 kyo-wa kurisumasudesune

- 今日は 楽しかったですね。（今天真開心啊。）
  - 羅 kyo-wa tanoshikattadesune
- 今日は いい 天気ですね。（今天天氣真好啊。）
  - 羅 kyo-wa ii tenkidesune

016 ～て いいですね。

……真好啊。
羅 ～ te iidesune

這個句型中的「いいですね」是評價前面的某個動作、狀態或事情很好、很不錯。

- 晴れて いいですね。（天晴真好啊。）
  - 羅 harete iidesune
- 大学に 受かって いいですね。（考上了大學真好啊。）
  - 羅 daigakuni ukatte iidesune
- 暖かく なって いいですね。（變暖和了真好啊。）
  - 羅 atatakaku natte iidesune
- いい 友だちが いて いいですね。（有好朋友真好啊。）
  - 羅 ii tomodachiga ite iidesune

017 ～て よかったです。

……太好了；幸好……
羅 ～ te yokattadesu

這個句型用於評價某個動作、狀態、事物是件好事，而且「て」前面的動作、狀態等已經成為了事實。「よかった」意為「很好」，是「いい」的過去式，但表達的是現在的心情。

・お会い できて よかったです。（能見到您真是太好了。）

羅 oai dekite yokattadesu

・涼しくて よかったです。（今天很涼快，真是太好了。）

羅 suzushikute yokattadesu

・お役に 立てて よかったです。（能幫到您真是太好了。）

羅 oyakuni tatete yokattadesu

・日本に 来て よかったです。（來到日本太好了。）

羅 nihonni kite yokattadesu

🔲 018　～が 好き/嫌いです。　 09-018

我喜歡／討厭……

羅 ～ ga suki/kiraidesu

這個句型用於表達好惡。助詞「が」表示喜歡或者討厭的對象，前面接名詞。

・パンダが 好きです。（我喜歡大熊貓。）

羅 pandaga sukidesu

・スキーが 好きです。（我喜歡滑雪。）

羅 suki-ga sukidesu

・勉強が 嫌いです。（我討厭學習。）

羅 benkyo-ga kiraidesu

・マヨネーズが 嫌いです。（我討厭蛋黃醬。）

羅 mayone-zuga kiraidesu

🔲 019　～、大丈夫ですか。　 09-019

……沒問題嗎？

羅 ～ daijo-budesuka

「大丈夫ですか」意為「沒問題嗎」「沒有關係嗎」。常用來詢問狀況或對別人表示關切。

- 風邪、大丈夫ですか。（感冒好了嗎？）

  kaze daijo-budesuka

- 仕事、大丈夫ですか。（工作沒問題嗎？）

  shigoto daijo-budesuka

- 時間、大丈夫ですか。（時間來得及嗎？）

  jikan daijo-budesuka

- あの人、大丈夫ですか。（那個人沒問題嗎？）

  ano hito daijo-budesuka

---

020 ～て くれて ありがとう。　

謝謝你為我做……

～ te kurete arigato-

這個句型用來表示感謝。「ありがとう」意為「謝謝」，而感謝的具體事情則由「～てくれて」來表示。「～てくれて」表示對方為自己做某事。

- 助けて くれて ありがとう。（謝謝你救了我。）

  tasukete kurete arigato-

- 手伝って くれて ありがとう。（謝謝你幫了我。）

  tetsudatte kurete arigato-

- フォローして くれて ありがとう。（謝謝你替我解圍。）

  foro-shite kurete arigato-

- わたしの 気持ちを わかって くれて ありがとう。（謝謝你理解我的心情。）

  watashino kimochiwo wakatte kurete arigato-

021 ～て　すみません。

mp3
09-021

對不起，我……了。

羅 ～ te sumimasen

這個句型用來表示道歉。「すみません」意為「對不起」，而道歉的具體原因則是由「て」前面的語句來表示。

・遅_{おく}れて　すみません。（對不起，我遲到了。）

　　羅 okurete sumimasen

・時間_{じかん}が　なくて　すみません。（對不起，我沒時間。）

　　羅 jikanga nakute sumimasen

・待_またせて　すみません。（對不起，讓你久等了。）

　　羅 matasete sumimasen

・返事_{へんじ}が　遅_{おそ}くなって　すみません。（我回信晚了，對不起。）

　　羅 henjiga osokunatte sumimasen

022 ～は　いくらですか。

mp3
09-022

……多少錢？

羅 ～ wa ikuradesuka

這個句型用來詢問價格。助詞「は」的前面是詢問價格的事物。

・これは　いくらですか。（這個多少錢？）

　　羅 korewa ikuradesuka

・チケットは　いくらですか。（票多少錢？）

　　羅 chikettowa ikuradesuk

・この　ワンピースは　いくらですか。（這條連衣裙多少錢？）

　　羅 kono wanpi-suwa ikuradesuka

・入 場 料 は　いくらですか。（入場費多少錢？）
　にゅうじょうりょう

　[羅] nyu-jo-ryo-wa ikuradesuka

[📷] 023　～を　ください。

09-023

請給我……
[羅] ～ wo kudasai

這個句型表示要求對方給自己某個東西。在外面就餐時，經常對服務員使用這個句型。助詞「を」的前面接想要的東西。

・水を　ください。（請給我一杯水。）
　みず

　[羅] mizuwo kudasai

・メニューを　ください。（請給我菜單。）

　[羅] menyu-wo kudasai

・日替わり 定 食 を　ください。（請給我今天的套餐。）
　ひ が　　　ていしょく

　[羅] higawarite-shokuwo kudasai

・自由を　ください。（請給我一點自由。）
　じ ゆう

　[羅] jiyu-wo kudasai

[📷] 024　～を　お願いします。
　　　　　　　　　ねが

09-024

請……
[羅] ～ wo onegaishimasu

這個句型用於請求對方做某事，助詞「を」的前面接名詞。

・禁煙席を　お願いします。（請給我禁煙座位。）
　きんえんせき　　ねが

　[羅] kinensekiwo onegaishimas

- サインを　お願_{ねが}いします。（請您簽字。）
   sainwo onegaishimasu
- （電話_{でんわ}で）すみませんが、田中_{たなか}さんを　お願_{ねが}いします。（（電話中）不好意思，請叫田中先生聽電話。）
   (denwade)sumimasenga tanakasanwo onegaishimasu
- 確認_{かくにん}を　お願_{ねが}いします。（請您確認。）
   kakuninwo onegaishimasu

025　〜に　します。　09-025

我要……
 〜 ni shimasu

這個句型表示選擇，助詞「に」的前面接名詞。在點單或者購物時，經常用到這個句型。

- じゃ、これに　します。（那我要這個。）
   ja koreni shimasu
- やっぱり さっきの シャツに します。（我還是要剛才的襯衫吧。）
   yappari sakkino shatsuni shimasu
- 赤_{あか}いのに します。（我要紅色的。）
   akainoni shimasu
- りんごは 小_{ちい}さいのに します。（蘋果我要小的。）
   ringowa chiisainoni shimasu

026　〜へ〜に　行_いきます。　09-026

去……做……
 〜 e 〜 ni ikimasu

這個句型表示去某地做某事。助詞「へ」表示方向，前面接表示場所的名詞。助詞「に」表示目的。

- スーパーへ 買い物に 行きます。（去超市買東西。）
  - 羅 su-pa-e kaimononi ikimasu
- 公園へ 散歩に 行きます。（去公園散步。）
  - 羅 ko-ene sanponi ikimasu
- フランスへ 旅行に 行きます。（去法國旅行。）
  - 羅 huransue ryoko-ni ikimasu
- 病院へ お見舞いに 行きます。（去醫院探病。）
  - 羅 byo-ine omimaini ikimasu

4. 原因、理由與目的

027 〜から、〜。 09-027

因為……所以……

羅 〜 kara 〜

這是表示原因時最常用的句型。「から」的前項表示原因，後項表示結果。「から」的前面可以接一個句子。

- 暑いですから、窓を 開けましょう。（好熱啊，我們開窗吧。）
  - 羅 atsuidesukara madowo akemasho-
- 危ないですから、触らないで ください。（很危險，請不要觸碰。）
  - 羅 abunaidesukara sawaranaide kudasai
- 雨が 降りそうですから、傘を 持って いきなさい。（好像要下雨了，帶傘去吧。）
  - 羅 amega huriso-desukara kasawo motte ikinasai

・今は　忙しいですから、後で　話しましょう。（我現在很忙，待會兒再説吧。）

　羅 imawa isogashi-desukara atode hanashimasho-

028 ～で～。

09-028

因為……而……

羅 ～ de ～

助詞「で」表示原因，前面接名詞。

・頭痛で　休みを　取りました。（因為頭疼而請假了。）

　羅 zutsu-de yasumiwo torimashita

・仕事で　京都に　行きました。（因工作去了京都。）

　羅 shigotode kyo-toni ikimashita

・地震で　電車が　止まりました。（電車因地震停駛了。）

　羅 jishinde denshaga tomarimashita

・連日の　雨で　ゆううつです。（因連日下雨而感到鬱悶。）

　羅 renjitsuno amede yu-utsudesu

029 ～ため、～。

mp3
09-029

因為……而……

羅 ～ tame ～

這個句型表示原因，前項的原因多是客觀的，而後項的結果多是消極的。

・事故の　ため、道が　渋滞しています。（因為事故道路堵塞了。）

　羅 jikono tame michiga ju-taishite imasu

・風邪を　引いた　ため、頭が　痛いです。（感冒了，頭很痛。）

　羅 kazewo hiita tame atamaga itaidesu

・激しい　雨の　ため、試合は　中止に　なりました。（比賽因為大雨取消了。）
　羅 hageshi- ameno tame shiaiwa chu-shini narimashita

・台風の ため、飛行機が 欠航しました。（飛機因為颱風停飛了。）
　羅 taihu-no tame hiko-kiga kekko-shimashita

---

030 ～の　せいで～。

09-030

都怪……才……
羅 ～ no se-de ～

這個句型表示不好的原因，包含責備、埋怨的語氣。前面接名詞，而後項多是不好的結果。

・あなたの　せいで　こんな　ことに　なりました。（都怪你，事情才會變成這樣的。）
　羅 anatano se-de konna kotoni narimashita

・わたしの　せいで　家族旅行が　キャンセルに　なりました。（都怪我，害得家庭旅遊取消了。）
　羅 watashino se-de kazokuryoko-ga kyanseruni narimashita

・花粉症の　せいで　鼻が　詰まって　います。（都怪花粉過敏症，鼻子塞住了。）
　羅 kahunsho-no se-de hanaga tsumatte imasu

・騒音の　せいで　仕事に　集中できません。（都怪噪聲，我都沒辦法集中注意力工作了。）
　羅 so-onno se-de shigotoni shu-chu-dekimasen

□ 031　だから、～。

09-031

所以……

🔈 dakara ～

「だから」是接續詞，意為「所以」。後面的句子是表示結果或者結論的。而原因可能在前文已經出現。

- だから、あきらめましょう。（所以放棄吧。）
  🔈 dakara akiramemasho-
- だから、事前に 調査を して ください。（所以，請事先做好調查。）
  🔈 dakara jizenni cho-sawo shite kudasai
- だから、若い うちに、いろいろ 体験して ください。（所以，趁年輕多體驗一下。）
  🔈 dakara wakai uchini iroiro taikenshite kudasai
- だから、いまさら 後悔しても 無駄ですよ。（所以，現在後悔也沒用了。）
  🔈 dakara imasara ko-kaishitemo mudadesuyo

□ 032　どうして～か。

09-032

為什麼……？

🔈 do-shite ～ ka

這是一個疑問句，用來詢問原因。句末的「か」表示疑問。口語中，如果是就對方剛才所說的某件事情詢問原因，可以直接用「どうしてですか。」（為什麼？）。

- どうして 学校に 行かないのですか。（為什麼不去上學？）
  🔈 do-shite gakko-ni ikanainodesuka

- どうして　こんな　ことを　したんですか。（為什麼做這種事情？）
  - 羅 do-shite konna kotowo shitandesuka
- どうして　仕事を　辞めましたか。（為什麼辭職了？）
  - 羅 do-shite shigotowo yamemashitaka
- どうして　パスワードを　変更しましたか。（為什麼改密碼了？）
  - 羅 do-shite pasuwa-dowo henko-shimashitaka

📄 033　なんで～んですか。

為什麼……？
羅 nande ～ ndesuka

這是詢問原因的疑問句。句末的「～んですか」包含要求對方給出解釋的含義。如果是就對方剛才所說的某件事情詢問原因，可以直接用「なんで？」（為什麼？）。

- なんで　遅刻したんですか。（為什麼遲到？）
  - 羅 nande chikokushitandesuka
- なんで　返事を　しなかったんですか。（為什麼不回信？）
  - 羅 nande henjiwo shinakattandesuka
- なんで　謝らないんですか。（為什麼不道歉？）
  - 羅 nande ayamaranaindesuka
- なんで　わたしの　言うことを　聞かないんですか。（為什麼不聽我的話？）
  - 羅 nande watashino iukotowo kikanaindesuka

📄 034　なぜ～んですか。

mp3 09-034

為什麼……？
羅 naze ～ ndesuka

這個句型也是詢問原因的疑問句。句末的「～んですか」包含要求對方給出解釋的含義。如果是就對方剛才所說的某件事情詢問原因，可以直接用「なぜですか。」（為什麼？）。

- なぜ 一人暮らしを 始めたんですか。（為什麼開始一個人生活了啊？）

  圃 naze hitorigurashiwo hajimetandesuka

- なぜ 教えて くれなかったんですか。（為什麼不告訴我呢？）

  圃 naze oshiete kurenakattandesuka

- なぜ 参加者は 減ったんですか。（參加者為什麼變少了？）

  圃 naze sankashawa hettandesuka

- なぜ 急に 値段が 上がったんですか。（價格怎麼突然上漲了？）

  圃 naze kyu-ni nedanga agattandesuka

---

035 ～ように～。

mp3
09-035

為了……而……

圃 ～ yo-ni ～

這個句型表示目的。前項表示目的，後項表示為了達到這個目的而進行的動作。

- 合格できる ように 頑張って います。（為了考試及格而努力。）

  圃 go-kakudekiru yo-ni ganbatte imasu

- 忘れない ように メモを 取りました。（為了不忘記而做筆記。）

  圃 wasurenai yo-ni memowo torimashita

- 寝坊を しない ように 目覚まし時計を 3つも セットします。（為了不睡懶覺而設3個鬧鐘。）

  圃 nebo-wo shinai yo-ni mezamashidoke-wo mittsumo settoshimasu

・遅刻しない ように 走って いきました。（為了不遲到而跑着去。）
　🔊 chikokushinai yo-ni hashitte ikimashita

📖 036　〜ために、〜。　🔊 09-036

為了……而……
🔊 〜 tameni 〜

這個句型表示目的。前項表示目的，後項表示為了達到這個目的而進行的動作。「ために」的前面既可以接名詞，也可以接動詞。

・将来の ために、勉強を 頑張って います。（為了將來而努力學習。）
　🔊 sho-raino tameni benkyo-wo ganbatte imasu
・家族の ために、新しい 家を 買いました。（為了家人，買了新房子。）
　🔊 kazokuno tameni atarashi- iewo kaimashita
・旅行に 行く ために、いろいろ 調べました。（為旅遊查了很多東西。）
　🔊 ryoko-ni iku tameni iroiro shirabemashita
・出世する ために、一生懸命に 働いて います。（為了出人頭地而拼命工作。）
　🔊 shussesuru tameni issho-kenme-ni hataraite imasu

5. 列舉、限定與比較

📖 037　〜や〜など　🔊 09-037

……和……等
🔊 〜 ya 〜 nado

這個句型表示列舉,「や」是表示並列的助詞,前後連接兩個名詞。「など」的前面接名詞,相當於「等」。

- りんごや　バナナなど(蘋果和香蕉等)
  - 羅 ringoya banananado
- ペンや　本(ほん)など(鋼筆和書等)
  - 羅 penya honnado
- 学生(がくせい)や　先生(せんせい)など(學生和老師等)
  - 羅 gakuse-ya sense-nado
- ロンドンや　ニューヨークなど(倫敦和紐約等)
  - 羅 rondonya nyu-yo-kunado

038　～とか～とか

mp3
09-038

……啦……啦
羅 ～ toka ～ toka

這個句型用於舉出幾個類似的例子,「とか」的前面可以接名詞,也可以接動詞。

- イチゴとか　ブルベリーとか(草莓啦藍莓啦)
  - 羅 ichigotoka buruberi-toka
- 帽子(ぼうし)とか　マフラーとか(帽子啦圍巾啦)
  - 羅 bo-shitoka mahura-toka
- 出張(しゅっちょう)とか　会議(かいぎ)とか(出差啦開會啦)
  - 羅 shuccho-toka kaigitoka
- 勉強(べんきょう)とか　部活(ぶかつ)とか(學習啦社團活動啦)
  - 羅 benkyo-toka bukatsutoka

039 ～し、～。

mp3 09-039

既……又……

🔤 ～ shi ～

這個句型表示並列，前後項是並列的關係。

- あの　ラーメンは　おいしいし、安_{やす}いです。（那個拉麵既好吃又便宜。）

  🔤 ano ra-menwa oishi-shi yasuidesu

- 雨_{あめ}も　降_ふっているし、風_{かぜ}も　強_{つよ}いです。（又是下雨又是刮大風。）

  🔤 amemo hutteirushi kazemo tsuyoidesu

- 彼_{かれ}は　親切_{しんせつ}だし、やさしいです。。（他又熱心又和藹。）

  🔤 karewa shinsetsudashi yasashi-desu

- この　仕事_{しごと}は　時間_{じかん}が　かかるし、大変_{たいへん}です。（這項工作既費時間又難做。）

  🔤 kono shigotowa jikanga kakarushi taihendesu

040 ～たり～たり　します。

mp3 09-040

做做……做做……

🔤 ～ tari ～ tari shimasu

這個句型表示列舉，從多個行為或事物中舉出兩個具有代表性的。「たり」的前面常接動詞。

- 行_いったり　来_きたり　します。（來來回回走。）

  🔤 ittari kitari shimasu

- 一緒_{いっしょ}に　笑_{わら}ったり　泣_ないたり　します。（一起笑一起哭。）

  🔤 isshoni warattari naitari shimasu

・部屋を 掃除したり 洗濯を したり します。（打掃打掃房間啦，洗洗衣服啦。）

　 heyawo so-jishitari sentakuwo shitari shimasu

・恋に 悩んだり 喜んだり します。（因為戀愛時而煩惱，時而高興。）

　 koini nayandari yorokondari shimasu

□ 041　～しかないです。　　　**09-041**

只有……

 ～ shikanaidesu

這個句型表示限定。前面接名詞的時候，意為「只有……」。前面接動詞的時候，表示別無選擇，「只能……」。

・バーゲンは 今日しか ないです。（打折只限今天。）

　 ba-genwa kyo-shika naidesu

・残りは この ひとつしか ないです。（只剩這麼一個了。）

　 nokoriwa kono hitotsushika naidesu

・痛くても 我慢するしか ないです。（再痛也只能忍著。）

　 itakutemo gamansurushika naidesu

・あきらめるしか ないです。（只能放棄了。）

　 akiramerushika naidesu

□ 042　～は～だけです。　　　**09-042**

……只有……

 ～ wa ～ dakedesu

這個句型中的「だけ」表示限定，相當於「只」「僅僅」。

- 遊んで いるのは 僕だけです。（只有我在玩。）
  - 羅 asonde irunowa bokudakedesu
- 売れない 商品はそれだけです。（賣不出去的商品只有那個。）
  - 羅 urenai sho-hinwa soredakedesu
- 情報は これだけです。（信息只有這些。）
  - 羅 jo-ho-wa koredakedesu
- 工事は 平日の 昼間だけです。（施工只在工作日的白天進行。）
  - 羅 ko-jiwa he-jitsuno hirumadakedesu

📖 043　〜だけでなく〜も〜。

不僅……，……也……

羅 〜 dakedenaku 〜 mo 〜

「〜だけでなく」相當於「不僅……」，「も」相當於「也」，前面都是接名詞。

- 昨日だけでなく 今日も 雨 です。（不僅是昨天，今天也會下雨。）
  - 羅 kino-dakedenaku kyo-mo amedesu
- 彼女は パンだけでなく マカロンも 作れます。（她不僅會做麵包，還會做馬卡龍。）
  - 羅 kanojowa pandakedenaku makaronmo tsukuremasu
- 彼は 勉強だけでなく 運動も 上手です。（他不僅學習好，運動也很厲害。）
  - 羅 karewa benkyo-dakedenaku undo-mo jo-zudesu
- 学校だけでなく 家でも 勉強します。（不僅在學校，在家也學習。）
  - 羅 gakko-dakedenaku iedemo benkyo-shimasu

044 ～と～と どちらが～ですか。

……和……，哪一個比較……？

羅 ～ to ～ to dochiraga ～ desuka

這個句型是詢問兩個事物進行比較的情況。兩個「と」的前面都是接名詞，是進行比較的兩個事物，「どちら」意為「哪一個」。

- パスタと オムライスと どちらが 食べたいですか。（意大利面和蛋包飯，你想吃哪一樣？）
  羅 pasutato omuraisuto dochiraga tabetaidesuka
- 英語と 日本語と どちらが 上手ですか。（你擅長英語還是日語？）
  羅 e-goto nihongoto dochiraga jo-zudesuka
- 和食と 洋食と どちらが 好きですか。。（日本料理和西餐，你喜歡哪一種？）
  羅 washokuto yo-shokuto dochiraga sukidesuka
- これと その 白いのと どちらが 安いですか。（這個和那個白色的，哪一個比較便宜？）
  羅 koreto sono shiroinoto dochiraga yasuidesuka

045 ～より～の ほうが～です。

比起……，……更……

羅 ～ yori ～ no ho-ga ～ desu

這個句型表示比較，其中，「より」表示比較的對象。

- サッカーより 野球の ほうが 好きです。（比起足球，更喜歡棒球。）
  羅 sakka-yori yakyu-no ho-ga sukidesu

- 田中<ruby>た<rt></rt></ruby>さんより 佐藤<ruby>さとう<rt></rt></ruby>さんの ほうが 若<ruby>わか<rt></rt></ruby>いです。（比起田中，佐藤更年輕。）
  - 羅 tanakasanyori sato-sanno ho-ga wakaidesu
- 去年<ruby>きょねん<rt></rt></ruby>より 今年<ruby>ことし<rt></rt></ruby>の夏<ruby>なつ<rt></rt></ruby>の ほうが 暑<ruby>あつ<rt></rt></ruby>いです。（比起去年，今年夏天更熱。）
  - 羅 kyonenyori kotoshinonatsuno ho-ga atsuidesu
- 日本<ruby>にほん<rt></rt></ruby>より 中国<ruby>ちゅうごく<rt></rt></ruby>の ほうが 広<ruby>ひろ<rt></rt></ruby>いです。（比起日本，中國更大。）
  - 羅 nihonyori chu-gokuno ho-ga hiroidesu

📄 046　～の 中<ruby>なか<rt></rt></ruby>で、～が 一番<ruby>いちばん<rt></rt></ruby>～です。 09-046

在……中，……是最……的。
羅 ～ no nakade ～ ga ichiban ～ desu

這個句型表示最高級，「～の中<ruby>なか<rt></rt></ruby>で」表示比較的範圍。「一番<ruby>いちばん<rt></rt></ruby>」意為「最……」。

- クラスの 中<ruby>なか<rt></rt></ruby>で、田中<ruby>たなか<rt></rt></ruby>さんが 一番<ruby>いちばん<rt></rt></ruby> 高<ruby>たか<rt></rt></ruby>いです。（在班裡，田中最高。）
  - 羅 kurasuno nakade tanakasanga ichiban takaidesu
- 果物<ruby>くだもの<rt></rt></ruby>の 中<ruby>なか<rt></rt></ruby>で、メロンが 一番<ruby>いちばん<rt></rt></ruby> 好<ruby>す<rt></rt></ruby>きです。（在水果中，我最喜歡甜瓜。）
  - 羅 kudamonono nakade meronga ichiban sukidesu
- スポーツの 中<ruby>なか<rt></rt></ruby>で、テニスが 一番<ruby>いちばん<rt></rt></ruby> 得意<ruby>とくい<rt></rt></ruby>です。（在運動項目中，我最擅長網球。）
  - 羅 supo-tsuno nakade tenisuga ichiban tokuidesu
- 季節<ruby>きせつ<rt></rt></ruby>の 中<ruby>なか<rt></rt></ruby>で、冬<ruby>ふゆ<rt></rt></ruby>が 一番<ruby>いちばん<rt></rt></ruby> 嫌<ruby>きら<rt></rt></ruby>いです。（四季當中，我最討厭冬天。）
  - 羅 kisetsuno nakade huyuga ichiban kiraidesu

6. 願望、能力與意志

📱 047　　～が　ほしいです。

mp3
09-047

我想要……

🔈 ～ ga hoshi-desu

這個句型表示第一人稱「我」想要得到某個東西。「が」的前面接想要的東西。

- 新しい　かばんが ほしいです。（我想要個新包。）

  🔈 atarashi- kabanga hoshi-desu

- 優しい　彼女が　ほしいです。（我想要一個溫柔的女朋友。）

  🔈 yasashi- kanojoga hoshi-desu

- キティちゃんの　ぬいぐるみが　ほしいです。（我想要hello kitty 的娃娃。）

  🔈 kitichanno nuigurumiga hoshi-desu

- 休みが ほしいです。（我想要休假。）

  🔈 yasumiga hoshi-desu

📱 048　　～たいです。

mp3
09-048

我想做……

🔈 ～ taidesu

這個句型表示第一人稱「我」想要做某件事情。「たい」的前面接動詞。

- スイカが　食べたいです。（我想吃西瓜。）

  🔈 suikaga tabetaidesu

- スカートを　買いたいです。（我想買短裙。）

  🔈 suka-towo kaitaidesu

- 今日は　早く　帰りたいです。（我今天想早點回去。）
  - kyo-wa hayaku kaeritaidesu
- ペットを　飼いたいです。（我想養寵物。）
  - pettowo kaitaidesu

049　〜（よ）うと　思います。 09-049

我想做……

〜（yo）uto omoimasu

這個句型表示説話人的意願、打算。疑問句的形式可以詢問對方的意圖。

- これから　美術館に　行こうと　思います。（我想接下來去美術館。）
  - korekara bijutsukanni iko-to omoimasu
- お昼に　ラーメンを　食べようと　思います。（午飯我想吃拉麵。）
  - ohiruni ra-menwo tabeyo-to omoimasu
- 会社を　辞めようと　思います。（我想辭職。）
  - kaishawo yameyo-to omoimasu
- 今日は　早く　寝ようと　思います。（我今天想早點睡覺。）
  - kyo-wa hayaku neyo-to omoimasu

050　〜を　楽しみに　しています。 09-050

很期待……

〜wo tanoshimini shiteimasu

這個句型表示對某個事物很期待。「を」的前面接期待的事物。

- 夏休みを　楽しみに　しています。（很期待暑假的到來。）

  📖 natsuyasumiwo tanoshimini shiteimasu

- クリスマスを　楽しみに　しています。（很期待聖誕節的到來。）

  📖 kurisumasuwo tanoshimini shiteimasu

- 忘年会を　楽しみに　しています。（很期待年會。）

  📖 bo-nenkaiwo tanoshimini shiteimasu

- 週末の遠足を　楽しみに　しています。（很期待週末的郊遊。）

  📖 shu-matsuno ensokuwo tanoshimini shiteimasu

📄 051　～が　できます。　　　　　　mp3 09-051

我會……

📖 ～ ga dekimasu

這個句型表示能力，「できます」意為「會」「能」。「が」的前面接具體的對象。

- スケートが できます。（我會滑冰。）

  📖 suke-toga dekimasu

- 英会話が できます。（我會用英語對話。）

  📖 e-kaiwaga dekimasu

- 料理が できます。（我會做飯。）

  📖 ryo-riga dekimasu

- 水泳が できます。（我會游泳。）

  📖 suie-ga dekimasu

📄 052　～ことが　できます。　　　mp3 09-052

我會……

羅 ～ kotoga dekimasu

這個句型也是表示能力，「こと」的前面接動詞。

- セーターを 編むことが できます。（我會織毛衣。）
  - 羅 se-ta-wo amukotoga dekimasu
- クッキーを 作ることが できます。（我會做曲奇餅乾。）
  - 羅 kukki-wo tsukurukotoga dekimasu
- 自分で 前髪を 切ることが できます。（我會自己剪劉海。）
  - 羅 jibunde maegamiwo kirukotoga dekimasu
- ピアノを 弾くことが できます。（我會彈鋼琴。）
  - 羅 pianowo hikukotoga dekimasu

📺 053 ～が 得意です。 mp3 09-053

我擅長……

羅 ～ ga tokuidesu

這個句型表示擅長的事物。「得意」意為「擅長」。「が」的前面接某個擅長的事物。

- 暗算が 得意です。（我擅長心算。）
  - 羅 anzanga tokuidesu
- 走るのが 得意です。（我擅長跑步。）
  - 羅 hashirunoga tokuidesu
- 日本語が 得意です。（我擅長日語。）
  - 羅 nihongoga tokuidesu
- 絵が 得意です。（我擅長畫畫。）
  - 羅 ega tokuidesu

054 ～が 苦手です。

我不擅長……

圕 ～ ga nigatedesu

這個句型表示不擅長的事物。「苦手」意為「不擅長」「難對付」。「が」的前面接某個不擅長的事物。

・辛いものが 苦手です。（我不太能吃辣。）

　　圕 karaimonoga nigatedesu

・寒いのが 苦手です。（我怕冷。）

　　圕 samuinoga nigatedesu

・受験勉強が 苦手です。（我不擅長考前複習。）

　　圕 jukenbenkyo-ga nigatedesu

・人と 付き合うことが 苦手です。（我不擅長與人打交道。）

　　圕 hitoto tsukiaukotoga nigatedesu

055 ～つもりです。

我打算……

圕 ～ tsumoridesu

這個句型表示打算和意圖。

・冬休みは スキーに 行く つもりです。（我打算寒假去滑雪。）

　　圕 huyuyasumiwa suki-ni iku tsumoridesu

・夏休みは 海に 行く つもりです。（我打算暑假去海邊玩。）

　　圕 natsuyasumiwa umini iku tsumoridesu

・夜は 外で 食べる つもりです。（我打算晚上去外面吃。）

　　圕 yoruwa sotode taberu tsumoridesu

・<ruby>新<rt>あたら</rt></ruby>しい <ruby>服<rt>ふく</rt></ruby>を <ruby>買<rt>か</rt></ruby>う **つもりです**。（我打算買新衣服。）
　🔈 atarashi- hukuwo kau tsumoridesu

056 ～ように します。 mp3 09-056

努力做到……
🔈 ～ yo-ni shimasu

這個句型表示將某件事情作為目標而去努力。

・<ruby>日本語<rt>にほんご</rt></ruby>で <ruby>話<rt>はな</rt></ruby>す **ように します**。（努力做到用日語説話。）
　🔈 nihongode hanasu yo-ni shimasu
・<ruby>脂<rt>あぶら</rt></ruby>っこい ものを <ruby>食<rt>た</rt></ruby>べない **ように します**。（努力做到不吃油膩的東西。）
　🔈 aburakkoi monowo tabenai yo-ni shimasu
・<ruby>激<rt>はげ</rt></ruby>しい <ruby>運動<rt>うんどう</rt></ruby>を <ruby>控<rt>ひか</rt></ruby>える **ように します**。（儘量不做激烈的運動。）
　🔈 hageshi- undo-wo hikaeru yo-ni shimasu
・<ruby>約束<rt>やくそく</rt></ruby>の <ruby>時間<rt>じかん</rt></ruby>に <ruby>遅<rt>おく</rt></ruby>れない **ように します**。（努力做到不比約好的時間晚。）
　🔈 yakusokuno jikanni okurenai yo-ni shimasu

7. 推測與變化

057 ～かもしれません。 mp3 09-057

可能……
🔈 ～ kamoshiremasen

這個句型表示推測，前面可以接各種詞性的詞。

・<ruby>明日<rt>あした</rt></ruby>は <ruby>雨<rt>あめ</rt></ruby>が <ruby>降<rt>ふ</rt></ruby>る **かもしれません**。（明天可能下雨。）
　🔈 ashitawa amega huru kamoshiremasen

・今日の　試験は　だめ　かもしれません。（今天的考試可能不及格。）
　kyo-no shikenwa dame kamoshiremasen

・今日も　遅くまで　仕事　かもしれません。（今天可能又會工作到很晚。）
　kyo-mo osokumade shigoto kamoshiremasen

・来年　また　彼女に　会える　かもしれません。（可能明年又能見到她。）
　rainen mata kanojoni aeru kamoshiremasen

058　たぶん／おそらく～でしょう。　09-058

可能……吧。
　tabun/osoraku ～ desho-

這個句型表示推測。「たぶん」「おそらく」都是表示推測的副詞，意為「大概」「或許」。句末的「でしょう」也表示推測，與前面的「たぶん」「おそらく」呼應使用。這個句型比起「～かもしれない」，確信的語氣更強。

・たぶん　試験に　合格できるでしょう。（可能考試可以及格吧。）
　tabun shikenni go-kakudekirudesho-

・たぶん　あなたが　正しいでしょう。（説不定你是正確的。）
　tabun anataga tadashi-desho-

・おそらく　彼の　言った　とおりに　なるでしょう。（説不定事情會變得跟他説的一樣。）
　osoraku kareno itta to-rini naru desho-

・おそらく　失敗するでしょう。（可能會失敗吧。）
　osoraku shippaisuru desho-

059 ～ようです。 09-059

好像……

☑ ～ yo-desu

這個句型用於説話人通過自己的感覺等作出的委婉的判斷。

- どうも 風邪を 引いた ようです。（總覺得好像感冒了。）
  ☑ do-mo kazewo hiita yo-desu
- 店には 誰も いない ようです。（好像店裡沒人。）
  ☑ miseniwa daremo inai yo-desu
- あの かばんは 本物の ようです。（那個包好像是真的。）
  ☑ ano kabanwa honmonono yo-desu
- あの 人は 学生ではない ようです。（那個人好像不是學生。）
  ☑ ano hitowa gakuse-dewanai yo-desu

060 ～そうです。 09-060

好像快要……了。

☑ ～ so-desu

這個句型表示樣態，即説話人根據自己看到的、聽到的而作出的某種判斷。

- 雨が 降りそうです。（好像快要下雨了。）
  ☑ amega huriso-desu
- 彼女は 泣き出しそうです。（她好像快要哭出來了。）
  ☑ kanojowa nakidashiso-desu
- 屋根から 雪が 落ちそうです。（雪好像快要從屋頂掉下來了。）
  ☑ yanekara yukiga ochiso-desu

・桜が 散りそうです。（櫻花好像快要凋謝了。）
　 sakuraga chiriso-desu

061　〜はずです。　09-061

理應會……
　〜 hazudesu

這個句型表示說話人的某種判斷，這種判斷往往是合理的、有依據的。

・司会者ですから、今日 彼女は 来る はずです。（因為是主持人，所以她今天應該會來的。）
　 shikaishadesukara kyo- kanojowa kuru hazudesu

・昨日 手紙を 出したから、明日には 届く はずです。（昨天寄出了信，所以明天應該會到的。）
　 kino- tegamiwo dashitakara ashitaniwa todoku hazudesu

・遅くまで 残業して いたので、かなり 疲れた はずです。（加班加到很晚，所以應該很累了。）
　 osokumade zangyo-shite itanode kanari tsukareta hazudesu

・人気の レストランですから、おいしい はずです。（因為是很有人氣的餐廳，所以應該很好吃。）
　 ninkino resutorandesukara oishi- hazudesu

062　〜（イ形容詞詞幹）く なりました。　09-062

變得……
　〜 ku narimashita

這個句型表示狀態的變化。前面接イ形容詞的詞幹。

264

・ようやく　涼しく　なりました。（總算變涼快了。）
　　yo-yaku suzushiku narimashita

・戦いは　激しく　なりました。（戰鬥變得激烈了。）
　　tatakaiwa hageshiku narimashita

・彼女は　優しく　なりました。（她變溫柔了。）
　　kanojowa yasashiku narimashita

・スピードが　早く　なりました。（速度變快了。）
　　supi-doga hayaku narimashita

063　～（ナ形容詞詞幹）に　なりました。 　09-063

變得……
　～ ni narimashita

這個句型表示狀態的變化。前面接ナ形容詞的詞幹。

・彼女は　きれいに　なりました。（她變漂亮了。）
　　kanojowa kire-ni narimashita

・フランス語が　上手に　なりました。（法語變厲害了。）
　　huransugoga jo-zuni narimashita

・問題は　深刻に　なりました。（問題變嚴重了。）
　　mondaiwa shinkokuni narimashita

・この町は　にぎやかに　なりました。（這座城市變熱鬧了。）
　　konomachiwa nigiyakani narimashita

064　～（動詞辭書形）ように　なりました。　09-064

變得……
　～ yo-ni narimashita

這個句型表示狀態或能力的變化。前面接動作性的動詞時，表示形成了某種新的習慣。

- 節約する　ために、最近　自分で　料理を　作る　ように　なりました。（為了節約，最近開始自己做飯了。）

  setsuyakusuru tameni saikin jibunde ryo-riwo tsukuru yo-ni narimashita

- 赤ちゃんは　立てる　ように　なりました。（嬰兒能站起來了。）

  akachanwa tateru yo-ni narimashita

- 一人で　仕事が　できる　ように　なりました。（開始能一個人完成工作了。）

  hitoride shigotoga dekiru yo-ni narimashita

- 日本語が　話せる　ように　なりました。（開始會説日語了。）

  nihongoga hanaseru yo-ni narimashita

065　〜て　きました。

09-065

……起來了；做……直到現在。

〜 te kimashita

這個句型表示開始出現某種變化，或者某個變化、動作從過去一直持續到現在。

- 韓国語を　勉強する　人が　多くなって　きました。（學韓語的人多起來了。）

  kankokugowo benkyo-suru hitoga o-kunatte kimashita

- ここまで　頑張って　きました。（堅持努力到了現在。）

  kokomade ganbatte kimashita

- だんだん　暖かく　なって　きました。（漸漸暖和起來了。）

  dandan atatakaku natte kimashita

・彼女の 気持ちが わからなく なって きました。（我越來越不能理解她的心情了。）

 kanojono kimochiga wakaranaku natte kimashita

066 ～て いきます。

09-066

……下去。

 ～ te ikimasu

這個句型表示某種變化將繼續發展，或者某個動作行為繼續進行下去。

・みんなで これからも 頑張って いきます。（大家今後也要一起努力下去。）

 minnade korekaramo ganbatte ikimasu

・家族を 大切に して いきます。（現在開始要珍惜家人。）

 kazokuwo taisetsuni shite ikimasu

・毎日 少しずつ 英単語を 覚えて いきます。（每天記一點英語單詞。）

 mainichi sukoshizutsu e-tangowo oboete ikimasu

・今後も 調査を 続けて いきます。（今後也將繼續調查下去。）

 kongomo cho-sawo tsuzukete ikimasu

8. 評價與建議

067 ～は～やすいです。

09-067

……容易……

 ～ wa ～ yasuidesu

這個句型表示某個動作很容易做，或者某個行為很容易發生。「やすい」是イ形容詞，意為「容易的」。

・この 町<ruby>まち</ruby>は 住<ruby>す</ruby>みやすいです。（這座城市適宜居住。）

　　 kono machiwa sumiyasuidesu

・その ペンは 書<ruby>か</ruby>きやすいです。（那支筆好寫。）

　　 sono penwa kakiyasuidesu

・ 新<ruby>あたら</ruby>しい ケータイは 使<ruby>つか</ruby>いやすいです。（新手機好使。）

　　 atarashi- ke-taiwa tsukaiyasuidesu

・ 山田先生<ruby>やまだせんせい</ruby>とは 話<ruby>はな</ruby>しやすいです。（和山田老師容易交談。）

　　 yamadasense-towa hanashiyasuidesu

068 　　**～は～にくいです。**　　09-068

‥‥‥難‥‥‥

～ wa ～ nikuidesu

這個句型表示做某個動作或某件事情很困難。「にくい」是イ形容詞，意為「難的」。

・この コピー機<ruby>き</ruby>は 使<ruby>つか</ruby>いにくいです。（這台複印機很難用。）

　　 kono kopi-kiwa tsukainikuidesu

・ 新<ruby>あたら</ruby>しい 靴<ruby>くつ</ruby>は 履<ruby>は</ruby>きにくいです。（新鞋子很硌腳。）

　　 atarashi- kutsuwa hakinikuidesu

・レストランの 入<ruby>い</ruby>り口<ruby>ぐち</ruby>は わかりにくいです。（餐廳的入口很難找。）

　　 resutoranno iriguchiwa wakarinikuidesu

・田中<ruby>たなか</ruby>さんの 字<ruby>じ</ruby>は 読<ruby>よ</ruby>みにくいです。（田中的字很難認。）

　　 tanakasanno jiwa yominikuidesu

📱 069　　～すぎます。

太過於……
🔤 ～ sugimasu

這個句型表示某個狀態太過於……。前面接イ形容詞或者ナ形容詞。

・この　問題は　難しすぎます。（這個問題太難了。）
　🔤 kono mondaiwa muzukashisugimasu

・鈴木さんは　生意気すぎます。（鈴木太狂妄自大了。）
　🔤 suzukisanwa namaikisugimasu

・この　値段は　高すぎます。（這個價格太貴了。）
　🔤 kono nedanwa takasugimasu

・この　ファイルは　大きすぎます。（這個文件太大了。）
　🔤 kono fairuwa o-kisugimasu

📱 070　　さすが～ですね。

真不愧是……啊。
🔤 sasuga ～ desune

「さすが」是副詞，意為「不愧」「到底」。這個句型用於評價某人或某個事物果然名不虛傳。一般用於正面的評價。

・さすが　田中さんですね。（真不愧是田中啊。）
　🔤 sasuga tanakasandesune

・さすが　人気の　商品ですね。（真不愧是受歡迎的商品啊。）
　🔤 sasuga ninkino sho-hindesune

・さすが　ベストセラーの　小説ですね。（真不愧是銷量第一的小説啊。）
　🔤 sasuga besutosera-no sho-setsudesune

- さすが　海外でも　有名な　俳優さんですね。（真不愧是名揚海外的演員啊。）
  - sasuga kaigaidemo yu-me-na haiyu-sandesune

071　なかなか～ですね。　　09-071

真……啊。
- nakanaka ～ desune

這個句型用於評價人或事情的某個性質、特徵超乎了自己的預想，程度很高。該句型中一般用イ形容詞和ナ形容詞。

- なかなか　格好いいですね。（真帥啊。）
  - nakanaka kakko-iidesune

- なかなか　すばらしいですね。（真精彩啊。）
  - nakanaka subarashi-desune

- なかなか　眠れないですね。（真是難以入睡。）
  - nakanaka nemurenaidesune

- なかなか　大変ですね。（真是夠嗆啊。）
  - nakanaka taihendesune

072　～って　最高です。　　09-072

……最棒了。
- ～ tte saiko-desu

這個句型用於評價某個事物程度、地位等最高。説話人認為其是最棒的、最好的，一般體現了説話人主觀的想法。

- 仕事の　後の　ビールって　最高です。（工作結束後喝一杯
啤酒最棒了。）

    🔊 shigotono atono bi-rutte saiko-desu

- 一人暮らしって　最高です。（一個人生活最棒了。）

    🔊 hitorigurashitte saiko-desu

- 母の　手料理って　最高です。（媽媽親手做的飯菜最好吃了。）

    🔊 hahano teryo-ritte saiko-desu

- ハワイの　海って　最高です。（夏威夷的海最棒了。）

    🔊 hawaino umitte saiko-desu

📄 073　～ほうが　いいと　思います。　

我覺得……比較好。

🔊 ～ ho-ga iito omoimasu

這個句型用於說話人表達自己的觀點，也是間接地提出自己的建議。「～
ほうがいい」意為「……比較好」。「～と思います」意為「我認為……」
「我覺得……」。

- 今日は　早めに　帰った　ほうが　いいと　思います。（我
覺得今天早點回去比較好。）

    🔊 kyo-wa hayameni kaetta ho-ga iito omoimasu

- その　薬は　飲まない　ほうが　いいと　思います。（那個
藥我覺得最好不要吃。）

    🔊 sono kusuriwa nomanai ho-ga iito omoimasu

- この　本を　早く　返した　ほうが　いいと　思います。（這
本書我覺得早點還掉比較好。）

    🔊 kono honwo hayaku kaeshita ho-ga iito omoimasu

・人の　悪口は　言わない　ほうが　いいと　思います。（我
覺得最好不要講別人的壞話。）

　hitono warukuchiwa iwanai ho-ga iito omoimasu

074　～は　どうですか。　mp3 09-074

……怎麼樣？

　～ wa do-desuka

這個句型常用來向對方進行提議，也可以用於詢問情況。

・旅行なら、北海道は どうですか。（旅遊的話，去北海道怎麼樣？）

　ryoko-nara hokkaido-wa do-desuka

・新発売の　カメラは どうですか。（新發售的相機怎麼樣？）

　shinhatsubaino kamerawa do-desuka

・田中さんは どうですか。（田中怎麼樣？）

　tanakasanwa do-desuka

・ピクニックの　ことですが、今週末は どうですか。（郊遊定
在這週末怎麼樣？）

　pikunikkuno kotodesuga konshu-matsuwa do-desuka

075　～たら　どうですか。　mp3 09-075

做……怎麼樣？

　～ tara do-desuka

這個句型用於提議、建議對方做某件事情，「たら」的前面接動詞。

・試着して みたら どうですか。（試穿一下怎麼樣？）

　shichakushite mitara do-desuka

・もう 遅いから、うちに 泊まったら どうですか。（已經很晚
了，要不住我家吧？）

   mo- osoikara uchini tomattara do-desuka

・体調が 悪いなら、会社を 休んだら どうですか。（身
體不舒服的話，就跟公司請假吧？）

   taicho-ga waruinara kaishawo yasundara do-desuka

・辞書を 調べたら どうですか。（查查詞典怎麼樣？）

   jishowo shirabetara do-desuka

---

076   ～て みないと わかりません。　mp3 09-076

不試著……的話就不知道。

   ～ te minaito wakarimasen

這個句型常用於鼓勵自己或他人去試著做某事。「～てみないと」意為
「不試著……的話」。

・やって みないと わかりません。（不做做看的話就不知道結果。）

   yatte minaito wakarimasen

・聞いて みないと わかりません。（不問問看的話就不知道。）

   kiite minaito wakarimasen

・試して みないと わかりません。（不試試看的話就不知道。）

   tameshite minaito wakarimasen

・探して みないと わかりません。（不找找看的話就不知道。）

   sagashite minaito wakarimasen

---

077   ～いいじゃないですか。　mp3 09-077

……不是挺好的嘛。

   ～ iijanaidesuka

這個句型用於表示説話人認為前項很不錯，委婉地表達了説話人的看法。

・今のままで　いいじゃないですか。（現在這樣不是挺好的嘛。）
　🔊 imanomamade iijanaidesuka

・海外旅行に　行けて　いいじゃないですか。（能去國外旅行不是挺好的嘛。）
　🔊 kaigairyoko-ni ikete iijanaidesuka

・志望校に　受かって　いいじゃないですか。（被第一志願的學校錄取不是挺好的嘛。）
　🔊 shibo-ko-ni ukatte iijanaidesuka

・好きな　人と　結婚できて　いいじゃないですか。（能和自己喜歡的人結婚不是挺好的嘛。）
　🔊 sukina hitoto kekkondekite iijanaidesuka

9. 邀請與許可

🔲 078　～ましょう。　　　　　　　　mp3　09-078

我們……吧。
🔊 ～ masho-

這個句型用於邀請對方與自己一起做某事，一般用於知道對方有意願與自己共同去做某事的時候，用這個句型來進行進一步的提議。

・天気が　いいから、散歩しましょう。（天氣很好，我們去散步吧。）
　🔊 tenkiga iikara sanposhimasho-

・日本語で　話しましょう。（我們用日語對話吧。）
　🔊 nihongode hanashimasho-

いっしょ　　がんば
・一緒に　頑張りましょう。（我們一起加油吧。）

🔲 isshoni ganbarimasho-

じかん　　　　　　　はし
・時間が　ないから、走りましょう。（沒時間了，我們跑過去吧。）

🔲 jikanga naikara hashirimasho-

🔲 079　　〜ませんか。

要不要做……？

🔲 〜 masenka

這個句型也是用於邀請對方與自己一起做某事，是以否定的形式提出疑問，語氣比較柔和。用這句話進行邀請時，說話人並不知道對方是否會答應。

しょくじ　　　い
・食事に　行きませんか。（要不要一起去吃飯？）

🔲 shokujini ikimasenka

いっしょ　　　おど
・一緒に　踊りませんか。（要不要一起跳舞？）

🔲 isshoni odorimasenka

いっしょ
・一緒に　やって　みませんか。（要不要一起做做看？）

🔲 isshoni yatte mimasenka

た
・すしを　食べませんか。（你要吃壽司嗎？）

🔲 sushiwo tabemasenka

🔲 080　　〜でも〜ませんか。

要（吃點／喝點）……之類的嗎？

🔲 〜 demo 〜 masenka

這個句型表示邀請。其中，「でも」表示舉例，包含還有其他的選擇，但其實就是建議「でも」前面的事物，語氣委婉。

- お茶でも　飲みませんか。（要喝點茶之類的嗎？）

  ochademo nomimasenka

- コーヒーでも　飲みに　行きませんか。（要去喝杯咖啡嗎？）

  ko-hi-demo nomini ikimasenka

- 一緒に　ご飯でも　食べに　行きませんか。（要一起去吃個飯嗎？）

  isshoni gohandemo tabeni ikimasenka

- 映画でも　見に　行きませんか。（要去看電影嗎？）

  e-gademo mini ikimasenka

081　よかったら、～。

09-081

可以的話……

yokattara ～

這句話可以用於邀請或者請求等，「よかったら」意為「如果可以的話」，説話人的語氣比較委婉。

- よかったら、もらって　ください。（可以的話請收下。）

  yokattara moratte kudasai

- よかったら、また　遊びに　来て　ください。（可以的話下次再來玩啊。）

  yokattara mata asobini kite kudasai

- よかったら、飲みに　いきましょう。（方便的話去喝一杯吧。）

  yokattara nomini ikimasho-

- よかったら、うちで　食事を　しませんか。（可以的話在我家吃飯吧。）

  yokattara uchide shokujiwo shimasenka

082　〜ても　いいですか。

我可以……嗎？

〜 temo iidesuka

這個句型用於徵求許可，詢問對方自己可不可以做某事。

・今日は　先に　帰っても　いいですか。（今天我可以先回去嗎？）

　kyo-wa sakini kaettemo iidesuka

・これ、使っても　いいですか。（這個我可以用一下嗎？）

　kore tsukattemo iidesuka

・教室で　弁当を　食べても　いいですか。（可以在教室裡吃便當嗎？）

　kyo-shitsude bento-wo tabetemo iidesuka

・ビールを　飲んでも　いいですか。（我可以喝啤酒嗎？）

　bi-ruwo nondemo iidesuka

083　〜ても　かまいません。

即使……也沒關係。

〜 temo kamaimasen

這個句型表示許可，常用於回答「〜てもいいですか」。「かまいません」意為「不介意」「沒關係」，也可以替換成「いいです」。

・この　パソコンを　使っても　かまいません。（可以用這台電腦。）

　kono pasokonwo tsukattemo kamaimasen

・そのまま　置いても　かまいません。（那樣放着也沒關係。）

　sonomama oitemo kamaimasen

・ここでは　タバコを　吸っても　かまいません。（這裡可以抽煙。）
　　kokodewa tabakowo suttemo kamaimasen
・全部　食べても　かまいません。（全部吃完也沒關係。）
　　zenbu tabetemo kamaimasen

084　～なくても　いいです。
09-084

不必……
～ nakutemo iidesu

這個句型表示沒必要做某事。

・心配しなくても　いいです。（不必擔心。）
　　shinpaishinakutemo iidesu
・全部　できなくても　いいです。（不必全部都會。）
　　zenbu dekinakutemo iidesu
・もう　薬は　飲まなくても　いいです。（已經不用吃藥了。）
　　mo- kusuriwa nomanakutemo iidesu
・信じても　信じなくても　いいです。（愛信不信。）
　　shinjitemo shinjinakutemo iidesu

10. 否定、安慰與抱怨

085　あまり～。
09-085

不太……
amari ～

「あまり」的後面與否定形式呼應使用，表示頻率、程度不高。

- あまり　食べません。（不太吃。）
  - 羅 amari tabemasen
- あまり　覚えて いません。（不太記得。）
  - 羅 amari oboete imasen
- あまり　おいしく ないです。（不太好吃。）
  - 羅 amari oishiku naidesu
- あまり　好きではないです。（不怎麼喜歡。）
  - 羅 amari sukidewanaidesu

📄 086　別に〜。　　　　　　　　　　mp3　09-086

不怎麼……
羅 betsuni 〜

「別に」的後面與否定形式呼應使用，表示沒有什麼特別的事情。

- 別に　困った　ことは　ありません。（並沒什麼為難的事情。）
  - 羅 betsuni komatta kotowa arimasen。
- 別に　興味は　ありません。（沒什麼興趣。）
  - 羅 betsuni kyo-miwa arimasen
- 別に　行きたく　ないです。（不怎麼想去。）
  - 羅 betsuni ikitaku naidesu
- 別に　ほしく　ないです。（不怎麼想要。）
  - 羅 betsuni hoshiku naidesu

📄 087　〜に 怒られました。　　　　mp3　09-087

被……責備了。
羅 〜 ni okoraremashita

這是一個被動句，「に」的前面是行為的發出者。

- せんせい
  先生に 怒られました。（被老師責備了。）
  羅 sense-ni okoraremashita

- つま
  妻に 怒られました。（被妻子責備了。）
  羅 tsumani okoraremashita

- せんぱい
  先輩に 怒られました。（被學長/前輩責備了。）
  羅 senpaini okoraremashita

- ぶちょう
  部長に 怒られました。（被部長責備了。）
  羅 bucho-ni okoraremashita

---

088 ～ことは ないですよ。

mp3 09-088

沒必要……

羅 ～ kotowa naidesuyo

這個句型表示沒有必要做某事，常用於安慰別人。

- しんぱい
  心配する ことは ないですよ。（不必擔心。）
  羅 shinpaisuru kotowa naidesuyo

- あやま
  わざわざ 謝る ことは ないですよ。（沒必要特意道歉。）
  羅 wazawaza ayamaru kotowa naidesuyo

- ふあん
  不安に なる ことは ないですよ。（不必感到不安。）
  羅 huanni naru kotowa naidesuyo

- じぶん   せ
  自分を 責める ことは ないですよ。（不必自責。）
  羅 jibunwo semeru kotowa naidesuyo

089　～のに。

09-089

明明……（結果卻……）

羅 ～ noni

這個句型表示結果與預想的不同，包含遺憾的語氣。常用於表示責備和不滿等。

- 毎日　必死に　勉強したのに。（明明每天都很拼命地學習（結果卻……））

  羅 mainichi hisshini benkyo-shitanoni

- そんなに　頑張ったのに。（明明那麼努力了（結果卻……））

  羅 sonnani ganbattanoni

- せっかく　ご飯を　作ったのに。（難得做了飯（結果卻……））

  羅 sekkaku gohanwo tsukuttanoni

- 早く　教えて　くれたら　よかったのに。（要是能早點告訴我的話就好了。）

  羅 hayaku oshiete kuretara yokattanoni

090　～くせに、～

09-090

明明……卻……

羅 ～ kuseni ～

這個句型中，後項的事情多帶有貶義，與從前項來看本應發生的事情不符合。

- 自分が　悪い　くせに、人の　せいに　します。（明明自己不好，還怪別人。）

  羅 jibunga warui kuseni hitono se-ni shimasu

- 子どもの くせに、生意気な ことを 言います。（明明是個
  孩子，説話卻很傲慢。）
  - 羅 kodomono kuseni namaikina kotowo iimasu

- 知って いる くせに、知らない ふりを して います。（明
  明知道，卻裝作不知道的樣子。）
  - 羅 shitte iru kuseni shiranai huriwo shite imasu

- 好きな くせに、冷たい 態度を 取ります。（明明喜歡，態
  度卻很冷漠。）
  - 羅 sukina kuseni tsumetai taidowo torimasu

📱 091   ～て ばかり います。
09-091

老是……
羅 ～ te bakari imasu

這個句型表示總是處於相同的狀態，或者多次重複做某件事情，說話人
對此持批判的態度。

- 健太君は 遊んで ばかり います。（健太老是在玩。）
  - 羅 kentakunwa asonde bakari imasu
- 母は 朝から 怒って ばかり います。（媽媽從早上開始就
  一直在生氣。）
  - 羅 hahawa asakara okotte bakari imasu
- 子どもを 叱って ばかり います。（老是罵孩子。）
  - 羅 kodomowo shikatte bakari imasu
- 父は 働いて ばかり います。（爸爸總是在工作。）
  - 羅 chichiwa hataraite bakari imasu

11. 請求與禁止

092 ～て　ください。

09-092

請……

📖 ～ te kudasai

這個句型表示請求或者命令，不能用於長輩或上級。

- 窓を　開けて　ください。（請把窗戶打開。）
  📖 madowo akete kudasai
- 静かに　して　ください。（請安靜。）
  📖 shizukani shite kudasai
- 日本語を　教えて　ください。（請教我日語。）
  📖 nihongowo oshiete kudasai
- 手を　上げて　ください。（請舉手。）
  📖 tewo agete kudasai

093 ～なさい。

09-093

要……哦。

📖 ～ nasai

這個句型表示命令，一般是父母對孩子、老師對學生所説。

- 早く　起きなさい。（快起床。）
  📖 hayaku okinasai
- 全部　食べなさい。（要全部吃完哦。）
  📖 zenbu tabenasai
- 駅まで　走りなさい。（跑到車站去。）
  📖 ekimade hashirinasai

・きれいに　片付けなさい。（要收拾乾淨哦。）

　　kire-ni katazukenasai

094　〜て　ちょうだい。

09-094

給我做……

　〜 te cho-dai

這個句型表示命令、請求，一般用於關係親近的人，多為女性與小孩使用。

・ペンを　貸して　ちょうだい。（借我一支筆。）

　　penwo kashite cho-dai

・口を　挟まないで　ちょうだい。（別插嘴。）

　　kuchiwo hasamanaide cho-dai

・帽子を　取って　ちょうだい。（請摘下帽子。）

　　bo-shiwo totte cho-dai

・単語を　覚えて　ちょうだい。（請背單詞。）

　　tangowo oboete cho-dai

095　〜て　ほしいです。

09-095

希望你做……

　〜 te hoshi-desu

這個句型表示說話人希望別人做某事。

・早く　元気に　なって　ほしいです。（希望你快點打起精神來。）

　　hayaku genkini natte hoshi-desu

- 今日 2時間ぐらい 残業して ほしいです。（今天希望你能加班兩小時左右。）

  羅 kyo- nijikangurai zangyo-shite hoshi-desu

- 一緒に 頑張って ほしいです。（希望你跟我一起努力。）

  羅 isshoni ganbatte hoshi-desu

- こちらの 書類を 整理して ほしいです。（希望你整理一下這裡的文件。）

  羅 kochirano shoruiwo se-rishite hoshi-desu

📱 096 ～て もらえませんか。

09-096

你能……嗎？

羅 ～ te moraemasenka

這個句型表示説話人的請求，希望對方為自己做某事。「～て」的部分是請求的具體內容。

- これを わかりやすく 説明して もらえませんか。（這個你能簡單易懂地解釋一下嗎？）

  羅 korewo wakariyasuku setsume-shite moraemasenka

- もう一度 言って もらえませんか。（你能再説一遍嗎？）

  羅 mo-ichido itte moraemasenka

- この 資料を 課長に 渡して もらえませんか。（你能把這個資料交給課長嗎？）

  羅 kono shiryo-wo kacho-ni watashite moraemasenka

- 使い方を 教えて もらえませんか。（你能教我使用方法嗎？）

  羅 tsukaikatawo oshiete moraemasenka

📱 097　〜と　ありがたいですが。

09-097

如果……的話就太好了。

🔲 〜 to arigataidesuga

這個句型中的「〜と」表示假設。「ありがたい」是イ形容詞，意為「難得的」「可貴的」等。這個句型間接地表達了說話人的請求和願望。

- 見^みかけて　くれると　ありがたいですが。（能見到您的話就太好了。）

  🔲 mikakete kureruto arigataidesuga

- 安^{やす}くして　もらえると　ありがたいですが。（要是能便宜一點的話就太好了。）

  🔲 yasukushite moraeruto arigataidesuga

- 迎^{むか}えに　来^きて　くれると　ありがたいですが。（要是你能來接我的話就太好了。）

  🔲 mukaeni kite kureruto arigataidesuga

- お返事^{へんじ}を　いただけると　ありがたいですが。（如果能得到您的回復的話就太好了。）

  🔲 ohenjiwo itadakeruto arigataidesuga

📱 098　〜うちに　〜て　ください。

mp3
09-098

請趁……的時候做……

🔲 〜 uchini 〜 te kudasai

「〜うちに」意為「趁……」。

・熱い うちに 食べて ください。（請趁熱吃吧。）

　羅 atsui uchini tabete kudasai

・暗く ならない うちに 帰って ください。（請趁著天還亮回
去吧。）

　羅 kurakunaranai uchini kaette kudasai

・先生が いる うちに 聞いて ください。（趁老師還在的時
候問一下吧。）

　羅 sense-ga iru uchini kiite kudasai

・若い うちに 旅行に 行って ください。（趁年輕多出去旅
遊吧。）

　羅 wakai uchini ryoko-ni itte kudasai

099　〜ては いけません。

mp3
09-099

不能……

　羅 〜 tewa ikemasen

這個句型表示禁止做某事。「ては」的前面是禁止做的事情。

・ここでは、タバコを 吸っては いけません。（這裡不能吸煙。）

　羅 kokodewa tabakowo suttewa ikemasen

・図書館で 弁当を 食べては いけません。（不能在圖書館
吃便當。）

　羅 toshokande bento-wo tabetewa ikemasen

・列に 割り込んでは いけません。（不能插隊。）

　羅 retsuni warikondewa ikemasen

・未成年は お酒を 飲んでは いけません。（未成年人不能喝酒。）

　羅 mise-nenwa osakewo nondewa ikemasen

100 ～ては　だめです。

mp3
09-100

不能……

～ tewa damedesu

這個句型也表示禁止，一般是父母對孩子、老師對學生使用。

・負けては　だめです。（不能輸。）

   maketewa damedesu

・ドアを　開けては　だめです。（不能開門。）

   doawo aketewa damedesu

・油断しては　だめです。（不能粗心大意。）

   yudanshitewa damedesu

・人を　騙しては　だめです。（不能騙人。）

   hitowo damashitewa damedesu

第五堂課 萬用句型、場景會話一網打盡

FIVE

UNIT

1

介
紹

1. 自我介紹

萬能句型

^{はじ}
初めまして、＿＿＿＿＿です。

幸會，我是＿＿＿＿＿。

可替換為：	
^{ちょうけつ}張 傑	（張傑）
^{おうえん}王 艶	（王艷）
^{ほん だ のぞみ}本田 望	（本田望）

> 例　^{はじ}初めまして、^{やまだたろう}山田太郎です。
>
> 　　幸會，我是山田太郎。

＿＿＿＿＿の＿＿＿＿＿と^{もう}申します。

我是＿＿＿＿＿的＿＿＿＿＿。

可替換為：	
^{おおさかびょういん}大阪 病 院	（大阪醫院）
^{こ ばやし}小 林	（小林）
^{しんじん}新人	（新人）
^{さ とう}佐藤	（佐藤）

> 例　^{にほんだいがく}日本 大 学 の^{すずき}鈴木と^{もう}申します。
>
> 　　我是日本大學的鈴木。

よろしくお^{ねが}願いします。

請多多關照。

> 例　^{りゅうがくせい}留 学生の^{おうしょうか}王 小 華です。よろしくお^{ねが}願いします。
>
> 　　我是留學生王小華，請多多關照。

情景會話

A：^{はじ}初めまして、^{たなかはなこ}田中 花子と^{もう}申します。よろしくお^{ねが}願いします。

B：^{はじ}初めまして、^{りゅうがくせい}留 学生の^{おうしょうか}王 小 華です。こちらこそ、よろしくお^{ねが}願いします。

A：^{おう}王さん、お^{くに}国はどちらですか。

B：^{ちゅうごく}中 国です。

A：幸會，我叫田中花子。請多多關照。

B：幸會，我是留學生王小華。我才要請你多多關照。

A：小王你來自哪個國家？

B：我來自中國。

2. 介紹他人

紹 介します。こちらは_____です。

我來介紹。這位是_____。

可替換為：
北村さん （北村先生）

> 例　紹 介します。こちらは田中さんです。
>
> 　　我來介紹。這位是田中先生。

こちらは　　　　の　　　　です。

這位是_____的_____。

可替換為：
先輩　　　　（前輩）
佐藤さん　（佐藤先生）
同 僚　　　　（同事）
田村さん　（田村先生）

> 例　こちらは友だちのマイケルです。
>
> 　　這位是我的朋友邁克爾。

この方は_____の_____です。

這位是_____的_____。

可替換為：
作家　　　　（作家）
松本先生　（松本老師）
東西貿易　（東西貿易）
中田社 長　（中田社長）

> 例　この方は山 陽 銀 行の吉田部 長です。
>
> 　　這位是山陽銀行的吉田部長。

情景會話

A： 王さん、 紹 介します。こちらは妻の聖子と息子の 将 太です。

B： 初めまして、聖子です。どうぞよろしくお願いします。

A： 将 太です。よろしくお願いします。

B： こちらこそ、どうぞよろしくお願いします。

A： 小王，我來介紹一下。這是我的妻子聖子和兒子將太。

B： 幸會，我是聖子。請多多關照。

A： 我是將太。請多多關照。

B： 我才要請你們多多關照。

3. 介紹事物

🔲 萬能句型

mp3
10-003

これは何ですか。それは＿＿＿＿です。

這是什麼？那是＿＿＿＿。

可替換為：

電子辞書 （電子詞典）
シャープペン （自動鉛筆）
シル

> 例　A：これは何ですか。
>
> 　　　這是什麼？
>
> 　　B：それは小島さんからのお土産です。
>
> 　　　那是小島送的特產。

それは何と言いますか。これは＿＿＿＿です。

那個叫什麼？這是＿＿＿＿。

可替換為：

ホッチキス （訂書機）
歯磨き粉 （牙膏）

> 例　A：それは何と言いますか。
>
> 　　　那個叫什麼？
>
> 　　B：これは手帳です。
>
> 　　　這是記事本。

あれは誰のですか。あれは＿＿＿＿のです。

那是誰的？那是＿＿＿＿的。

可替換為：

小松さん （小松先生）

> 例　A：あれは誰のですか。
>
> 　　　那是誰的？
>
> 　　B：あれは兄のです。
>
> 　　　那是我哥哥的。

🔲 情景會話

A：田中さん、それは何ですか。

B：あ、これは筆箱です。

A：それは誰のですか。

B：これは鈴木さんのです。

A：田中，那是什麼？

B：啊，這個是筆盒。

A：那是誰的呢？

B：這是鈴木的。

4. 介紹場所

萬能句型

mp3 10-004

_____はどこですか。

_____在哪裡？

可替換為：
銀行 （銀行）
交番 （警亭）

例 A：トイレはどこですか。

廁所在哪裡？

B：トイレはあそこです。

廁所在那裡。

_____は何階ですか。

_____在幾樓？

可替換為：
喫茶店 （咖啡館）
食堂 （食堂）

例 A：家電売り場は何階ですか。

家電賣場在幾樓？

B：家電売り場は 6 階です。

家電賣場在六樓。

ここは_____ですか。

這裡是_____嗎？

可替換為：
銀座 4 （銀座4丁目）
丁目

例 A：ここは会議室ですか。

這裡是會議室嗎？

B：いいえ、ここは事務室です。

不是，這裡是辦公室。

情景會話

A：すみません、映画館はどこですか。

B：映画館はあのビルの中にあります。

A：あのビルの何階ですか。

B：3 階です。

A：請問，電影院在哪裡？

B：電影院在那座大樓裡面。

A：在那座大樓的幾樓呢？

B：在三樓。

293

UNIT
2

談論時間

5. 日期

🔲 萬能句型

mp3
10-005

_____は何日^{なんにち}ですか。

_____是幾號？

可替換為：
明日^{あした}　　　（明天）
試験日^{しけんび}　（考試日期）

例 A：今日^{きょう}は何日^{なんにち}ですか。

今天是幾號？

B：今日^{きょう}は20日^{はつか}です。

今天是 20 號。

明日^{あした}は_____です。

明天是_____。

可替換為：
4月1日^{しがつついたち}（4月1號）
7日^{なのか}　　　　（7號）

例 明日^{あした}は2４日^{にじゅうよっか}です。

明天是 24 號。

昨日^{きのう}は_____でした。

昨天是_____。

可替換為：
9月9日^{くがつここのか}（9月9號）

例 昨日^{きのう}は10日^{とおか}でした。

昨天是 10 號。

🔲 情景會話

A：高橋^{たかはし}さん、今日^{きょう}は何日^{なんにち}ですか。

B：今日^{きょう}は１３日^{じゅうさんにち}です。

A：えっ、１２日^{じゅうににち}だと思^{おも}いました。

B：明日^{あした}は2月１４日^{にがつじゅうよっか}、バレンタイン

デーですよ。

A：高橋，今天是幾號？

B：今天是 13 號。

A：啊，我還以為是 12 號呢。

B：明天是 2 月 14 號，情人節哦。

6. 星期

萬能句型

mp3 10-006

_____は何曜日^{なんようび}ですか。

_____是星期幾？

可替換為：
お店^{みせ}の定^{てい}（你們店的固定 休日^{きゅうび}　　　　休息日） 今年^{ことし}のクリ（今年的 スマス　　　　聖誕節）

例 A：3月3日^{さんがつみっか}は何曜日^{なんようび}ですか。

　　　3月3號是星期幾？

　　B：3月3日^{さんがつみっか}は日曜日^{にちようび}です。

　　　3月3號是星期日。

昨日^{きのう}は_____でした。

昨天是_____。

可替換為：
決勝戦^{けっしょうせん}　　　（決賽） 火曜日^{かようび}　　　（星期二）

例 昨日^{きのう}は水曜日^{すいようび}でした。

　　昨天是星期三。

運動会^{うんどうかい}は_____です。

運動會在_____。

可替換為：
今週^{こんしゅう}の木^{もく}（這周星期四） 曜日^{ようび}

例 運動会^{うんどうかい}は来週^{らいしゅう}の土曜日^{どようび}です。

　　運動會在下星期六。

情景會話

A：王^{おう}さん、日本語学校^{にほんごがっこう}の休^{やす}みは何曜日^{なんようび}ですか。

B：水曜日^{すいようび}と土曜日^{どようび}です。

A：テストは何曜日^{なんようび}ですか。

B：毎週月曜日^{まいしゅうげつようび}です。

A：小王，日語學校是星期幾休息的？

B：是星期三和星期六。

A：星期幾考試？

B：每週一。

7. 時間

🔲 萬能句型

mp3 10-007

今、<ruby>何時<rt>なんじ</rt></ruby>ですか。
<small>いま</small>

現在幾點？

> 例　A：今、<ruby>何時<rt>なんじ</rt></ruby>ですか。
> 　　　現在幾點？
> 　　B：9時 1 8 分です。
> 　　　9 點 18 分。

<ruby>学校<rt>がっこう</rt></ruby>は<ruby>朝<rt>あさ</rt></ruby>_____からです。

學校從早上_____開始上課。

> 例　<ruby>学校<rt>がっこう</rt></ruby>は<ruby>朝<rt>あさ</rt></ruby> 8 <ruby>時<rt>じ</rt></ruby>からです。
> 　　學校從早上 8 點開始上課。

可替換為：

7 時	（7 點）
7 時 1 5分	（7點15分）
7 時半	（7點半）

デパートは<ruby>夜<rt>よる</rt></ruby>_____までです。

百貨商店開到晚上　　　　　。

> 例　デパートは<ruby>夜<rt>よる</rt></ruby> 1 0 <ruby>時<rt>じ</rt></ruby>までです。
> 　　百貨商店開到晚上 10 點。

可替換為：

9 時 3 0 分	（9點30分）
1 0 時半	（10點半）

🔲 情景會話

A：<ruby>本田<rt>ほんだ</rt></ruby>さん、コンビニのアルバイトは<ruby>何時<rt>なんじ</rt></ruby>から<ruby>何時<rt>なんじ</rt></ruby>までですか。

B：<ruby>夜<rt>よる</rt></ruby> 1 0 <ruby>時<rt>じ</rt></ruby>から<ruby>朝<rt>あさ</rt></ruby> 6 <ruby>時<rt>じ</rt></ruby>までです。

A：そうですか、<ruby>大変<rt>たいへん</rt></ruby>ですね。

A：本田，你在便利店打工是從幾點到幾點？

B：從夜裡 10 點到早上 6 點。

A：這樣啊，真是辛苦啊。

8. 日常寒暄

🔲 萬能句型

mp3 10-008

<ruby>今日<rt>きょう</rt></ruby>はいいお<ruby>天気<rt>てんき</rt></ruby>ですね。

今天天氣真好啊。

> 例　A：<ruby>今日<rt>きょう</rt></ruby>はいいお<ruby>天気<rt>てんき</rt></ruby>ですね。
>
> 　　　今天天氣真好啊。
>
> 　　B：そうですね。
>
> 　　　是啊。

_____なってきましたね。

變得_____起來了呢。

可替換為：	
<ruby>暖<rt>あたた</rt></ruby>かく	（暖）
<ruby>寒<rt>さむ</rt></ruby>く	（寒冷）
<ruby>涼<rt>すず</rt></ruby>しく	（涼爽）

> 例　<ruby>最近<rt>さいきん</rt></ruby>、<ruby>暑<rt>あつ</rt></ruby>くなってきましたね。
>
> 　　最近熱起來了呢。

このところ、_____の<ruby>日<rt>ひ</rt></ruby>が<ruby>多<rt>おお</rt></ruby>いですね。

最近這段時間，_____天很多啊。

可替換為：	
<ruby>雨<rt>あめ</rt></ruby>	（雨）
<ruby>晴<rt>は</rt></ruby>れ	（晴）

> 例　このところ、<ruby>曇<rt>くも</rt></ruby>りの<ruby>日<rt>ひ</rt></ruby>が<ruby>多<rt>おお</rt></ruby>いですね。
>
> 　　最近這段時間，陰天很多啊。

🔲 情景會話

A：<ruby>今日<rt>きょう</rt></ruby>はいいお<ruby>天気<rt>てんき</rt></ruby>ですね。

B：そうですね。<ruby>梅雨<rt>つゆ</rt></ruby>も<ruby>明<rt>あ</rt></ruby>けましたね。

A：ええ、これから<ruby>暑<rt>あつ</rt></ruby>くなりますね。

B：そうですね。

A：今天天氣真好啊。

B：是啊。梅雨季節也過去了。

A：是啊，往後要變熱了呢。

B：是啊。

9. 天氣預報

午後^{ご ご}から、_____でしょう。

下午開始，會_____吧。

可替換為：
晴^はれる	（放晴）
雪^{ゆき}になる	（下雪）

例　午後^{ご ご}から、雨^{あめ}が降^ふるでしょう。

　　下午開始會下雨吧。

天気予報^{てん き よ ほう}によると、明日^{あした}は_____そうです。

聽天氣預報説，明天_____。

可替換為：
曇^{くも}りのち	（陰轉雨）
雨^{あめ}だ	
降水確率^{こうすいかくりつ}	（降水概率高）
が高^{たか}い	

例　天気予報^{てん き よ ほう}によると、明日^{あした}は
　　３８度^{さんじゅうはち ど}だそうです。

　　天氣預報説明天有 38℃。

天気予報^{てん き よ ほう}では、あさっては_____らしいです。

天氣預報説後天好像會_____。

可替換為：
台風^{たいふう}が来^くる	（颱風要來）
気温^{き おん}が下^さがる	（降溫）

例　天気予報^{てん き よ ほう}では、あさっては晴^はれ
　　るらしいです。

　　天氣預報説後天好像會放晴。

A：天気予報^{てん き よ ほう}によると、今日^{きょう}は晴^はれのち雨^{あめ}だそうです。

B：えー、そうですか。

A：ええ。夕方^{ゆうがた}ごろから雨^{あめ}が降^ふるらしいです。

B：じゃ、傘^{かさ}を持^もって出^でかけます。

A：聽天氣預報説，今天是晴轉雨。

B：啊，是嗎？

A：是的。好像是從傍晚開始下雨。

B：那我帶著傘出門。

10. 家庭構成

萬能句型　mp3 10-010

何人家族ですか。うちは＿＿＿＿＿家族です。

家裡幾口人？家裡＿＿＿＿＿口人。

可替換為：

5人　　　　　　　　　　　（五口）
両親と私の3人（父母和我三口人）

例 A：何人家族ですか。

你家裡幾口人？

B：うちは4人家族です。

我家裡四口人。

兄弟は＿＿＿＿＿。

可替換為：

1人います　　　　　　　（有一個）
3人いて、私（有三個我是最小的）
は末っ子です

＿＿＿＿＿兄弟姐妹。

例 兄弟はいません。

沒有兄弟姐妹。

子どもは＿＿＿＿＿います。

可替換為：

3人　（三個）

有＿＿＿＿＿孩子。

例 子どもは2人います。

有兩個孩子。

情景會話

A：木村さんは何人家族ですか。

B：うちは5人家族です。

A：3人兄弟ですか。

B：はい。弟と妹がいます。

A：村你們家幾口人？

B：我們家一共五口人。

A：你們一共三個兄弟姐妹嗎？

B：是的。我有弟弟妹妹。

11. 家人的職業

 萬能句型

mp3
10-011

_____のお仕事は何ですか。

_____的工作是什麼？

可替換為：
お父様　　　（您父親）

例　お父さんのお仕事は何ですか。

你父親的工作是什麼？

_____はどんな仕事をしていますか。

_____是做什麼工作的？

可替換為：
お兄さん　　（你哥哥）

例　ご主人はどんな仕事をしていますか。

您丈夫是做什麼工作的？

父は_____で、母は_____です。

我父親是_____，母親是_____。

可替換為：
銀行員　　（銀行職員）
教師　　　（教師）

サラリーマン　（上班族）
茶道の先生　（茶道老師）

運転手　　　（駕駛員）
看護師　　　（護士）

例　父は弁護士で、母は主婦です。

我父親是律師，母親是家庭主婦。

情景會話

A：王さん、ご両親のお仕事は何ですか。

B：両親は2人とも公務員です。

A：そうですか。じゃ、お兄さんは？

B：兄は会社を経営しています。

A：小王，你父母是從事什麼工作的？

B：我父母都是公務員。

A：是嗎？那你哥哥呢？

B：我哥哥經營公司。

12. 周邊設施

萬能句型

mp3
10-012

_____まで_____くらいかかります。

到_____要花_____左右的時間。

可替換為：	
近くのスーパー	（附近的超市）
15分	（15分鐘）
図書館	（圖書館）
20分	（20分鐘）

例 地下鉄の駅まで10分くらいかかります。

到地鐵站要花10分鐘左右的時間。

_____に_____があります。

在_____有_____。

可替換為：	
すぐそこ	（就在那邊）
コンビニ	（便利店）

例 家の近くに公園があります。

家附近有公園。

_____には便利です。

_____很方便。

可替換為：	
通学	（上學）
買い物	（購物）

例 通勤には便利です。

上班很方便。

情景會話

A： 今住んでいるアパート、駅に近いですか。

B： はい、駅まで徒歩10分です。

A： それはいいですね。

B： ええ。近くにコンビニもあって、とても便利です。

A： 你現在住的公寓，離車站近嗎？

B： 嗯，走10分鐘就到了。

A： 那挺好的啊。

B： 是啊。附近還有便利店，非常方便。

13. 獨自生活

 萬能句型

mp3
10-013

_____は初めてです。
_____是第一次。

> 例　一人暮らしは初めてです。
> 我是第一次一個人住。

可替換為：

東京	（東京）
ディズニーランド	（迪士尼樂園）
乗馬	（騎馬）

_____の部屋は_____て_____です。
_____的房間又_____又_____。

> 例　私の部屋は明るくてきれいです。
> 我的房間又亮又整潔。

可替換為：

大野さん	（大野）
広く	（寬敞）
快適	（舒適）

この部屋は_____ですが_____です。
這個房間雖然_____，但是_____。

> 例　この部屋は狭いですがお風呂付きです。
> 這個房間雖然小，但有浴室。

可替換為：

広くはない	（不大）
きれい	（整潔）
小さい	（小）
眺めがいい	（景致很好）

情景會話

A：木村さんはご家族と一緒に住んでいますか。

B：いいえ、4月から一人暮らしを始めました。

A：そうですか。一人暮らしはどうですか。

B：気楽でいいです。

A：木村你是和家人一起住的嗎？

B：不是，從4月份開始我一個人住了。

A：這樣啊。一個人住感覺怎麼樣？

B：輕鬆舒適，挺好的。

14. 扔垃圾

＿＿＿＿＿＿＿の日はいつですか。

＿＿＿＿＿＿＿的日子是什麼時候呢？

可替換為：	
不燃ごみ	（不可燃垃圾）
生ごみ	（廚房垃圾）

例　燃えるごみの日はいつですか。

　　什麼時候扔可燃垃圾呢？

＿＿＿＿＿＿＿はいつ出したらいいですか。

＿＿＿＿＿＿＿什麼時候扔好呢？

可替換為：	
新聞紙など	（舊報紙之類的）
プラスチック類	（塑料製品）

例　資源ごみはいつ出したらいいですか。

　　資源垃圾什麼時候扔好呢？

＿＿＿＿＿＿＿に＿＿＿＿＿＿＿を回収します。

＿＿＿＿＿＿＿回收＿＿＿＿＿＿＿。

可替換為：	
毎週月曜と水曜	（每星期一、三）
可燃ごみ	（可燃垃圾）

例　毎週火曜日に燃えないごみを回収します。

　　每星期二回收不可燃垃圾。

情景會話

A：大家さん、不燃ごみの日はいつですか。

B：月曜日と水曜日、週2回です。

A：ペットボトルは資源ごみですよね。いつ出したらいいですか。

B：資源ごみは毎週火曜日に回収します。

A：房東太太，什麼時候扔不可燃垃圾呢？

B：星期一和星期三，一星期兩次。

A：塑料瓶是屬於資源垃圾吧。應該什麼時候呢？

B：資源垃圾是每星期二進行回收的。

UNIT
6

興趣愛好

15. 喜好

萬能句型

mp3
10-015

＿＿＿＿＿の中で＿＿＿＿＿が一番好きですか。

在＿＿＿＿＿中你最喜歡＿＿＿＿＿嗎？

可替換為：

お寿司	（壽司）
マグロ	（金槍魚）
スポーツ	（體育運動）
野球	（棒球）

例　果物の中で何が一番好きですか。

　　你最喜歡的是什麼水果？

＿＿＿＿＿と＿＿＿＿＿とどちらが好きですか。

＿＿＿＿＿和＿＿＿＿＿你喜歡哪一個？

可替換為：

日本酒	（日本酒）
ワイン	（紅酒）
夏	（夏天）
冬	（冬天）

例　犬と猫とどちらが好きですか。

　　狗和貓你喜歡哪一個？

＿＿＿＿＿が好きですから、よく＿＿＿＿＿。

因為喜歡＿＿＿＿＿，所以經常＿＿＿＿＿。

可替換為：

小説	（小説）
読みます	（讀）
ミュージカル	（音樂劇）
見ます	（看）

例　お寿司が好きですから、よく食べます。

　　因為我喜歡壽司，所以經常吃。

情景會話

A：田中さん、音楽が好きですか。

B：はい、大好きです。

A：クラシックとジャズとどちらが好き
　　ですか。

B：ジャズのほうが好きです。

A：田中，你喜歡音樂嗎？

B：嗯，非常喜歡。

A：古典音樂和爵士樂你喜歡哪一個？

B：我喜歡爵士樂。

16. 興趣愛好

mp3
10-016

趣味は何ですか。趣味は＿＿＿＿です。

你的愛好是什麼？我的愛好是＿＿＿＿。

可替換為：

登山	（登山）
ドラマを見	（看電視劇）
ること	

例　A：趣味は何ですか。

　　　你的愛好是什麼？

　　B：趣味はネットサーフィンです。

　　　我愛好網上衝浪。

＿＿＿＿に興味を持っています。

我對＿＿＿＿感興趣。

可替換為：

| ダンス | （舞蹈） |
| 推理小説 | （推理小説） |

例　和菓子に興味を持っています。

　　我對日式點心感興趣。

最近、＿＿＿＿にはまっています。

最近熱衷於＿＿＿＿。

可替換為：

| ダイビング | （潛水） |

例　最近、ヨガにはまっています。

　　我最近熱衷於瑜伽。

情景會話

A：李さん、趣味は何ですか。

B：漫画を読むことです。

A：アニメも好きですか。

B：はい、アニメもよく見ます。

A：小李，你的愛好是什麼？

B：我愛好看漫畫。

A：那你也喜歡動漫嗎？

B：是的，動漫也經常看。

17. 假日安排

🔲 萬能句型

今度の週末は＿＿＿＿に行きます。

這個週末去＿＿＿＿。

可替換為：

| 温泉 | （温泉） |
| 遊園地 | （遊樂場） |

> 例　今度の週末は花見に行きます。
> 　　這個週末去賞櫻花。

暇なときはよく＿＿＿＿。

空閒時間我經常＿＿＿＿。

可替換為：

| ＰＣゲームをします | （打電腦遊戲） |
| 音楽を聞きます | （聽音樂） |

> 例　暇なときはよく小説を読みます。
> 　　空閒時間我經常讀小説。

休みの日は＿＿＿＿たり、＿＿＿＿たりします。

休息日我（做做）＿＿＿＿（做做）＿＿＿＿。

可替換為：

| 友だちと会っ | （見見朋友） |
| エステに行っ | （去做美容） |

> 例　休みの日は掃除をしたり、買い物に行ったりします。
> 　　休息日我打掃打掃衛生，去買買東西什麼的。

🔲 情景會話

A：鈴木さん、週末はいつも何をしますか。

B：うちでインターネットをしたり、ゲームをしたりします。

A：あまり出かけませんか。

B：ええ。ときどき、秋葉原に行ったりはします。

A：鈴木，你週末通常做什麼？

B：我在家上上網，打打遊戲什麼的。

A：不怎麼出門嗎？

B：嗯。有時會去秋葉原。

18. 看電影

萬能句型　　　　　　　　　　　mp3 10-018

_____映画が好きです。

我喜歡_____電影。

可替換為：	
ホラー	（恐怖）
恋愛	（戀愛，愛情）
コメディー	（喜劇）
ＳＦ	（科幻）

> 例　A：どんな映画が好きですか。
>
> 　　　　你喜歡什麼類型的電影？
>
> 　　B：アクション映画が好きです。
>
> 　　　　我喜歡動作片。

とても_____です。

非常_____。

可替換為：	
すばらしかった	（精彩）
つまらなかった	（無聊）

> 例　A：映画、どうでした？
>
> 　　　　電影如何？
>
> 　　B：とても面白かったです。
>
> 　　　　非常有意思。

好きな女優さんは誰ですか。

你喜歡的女演員是誰？

> 例　A：好きな女優さんは誰ですか。
>
> 　　　　你喜歡的女演員是誰？
>
> 　　B：北川景子さんです。
>
> 　　　　我喜歡北川景子。

情景會話

A： 王さんはどんな映画が好きですか。

B： ラブストーリーが好きです。

A： じゃ、「世界の中心で、愛をさけ
ぶ」という映画を見ましたか。

B： はい、見ました。すごく感動しました。

A： 小王你喜歡什麼類型的電影？

B： 我喜歡愛情片。

A： 那你看過《在世界中心呼喚愛》
這部電影嗎？

B： 嗯，看了。非常感動。

19. 體育運動

mp3 10-019

萬能句型

＿＿＿＿＿が得意です。

我擅長＿＿＿＿＿。

可替換為：	
スキー	（滑雪）
バスケ	（籃球）

例 ボーリングが得意です。
　我擅長打保齡球。

＿＿＿＿＿ようになりました。

變得＿＿＿＿＿了。

可替換為：	
毎日 1 時間 運動する	（每天運動 一小時）
5 キロ走れる	（能跑5公裡）

例 毎朝、ジョギングするようになりました。
　開始每天早晨跑步了。

＿＿＿＿＿に＿＿＿＿＿くらいジムに通っています。

每＿＿＿＿＿去健身房＿＿＿＿＿次左右。

可替換為：	
月	（每月）
3 回	（3次）

例 週に 2 回くらいジムに通っています。
　每星期去健身房兩次左右。

情景會話

A： 張さん、特技は卓球ですか。

B： はい、卓球はまあまあできます。

A： そうですか。普段はどんな運動をしていますか。

B： 週に 2 回くらいジムに通っています。

A： 小張，你擅長打乒乓球嗎？

B： 是的，我打乒乓球還行。

A： 是嘛。平時你都做什麼運動？

B： 我每星期去健身房兩次左右。

20. 旅遊

萬能句型

かぞくりょこう
家族旅行で＿＿＿＿＿＿へ行きました。

全家去了＿＿＿＿＿旅行。

可替換為：

| パリ | （巴黎） |
| かんこく 韓国 | （韓國） |

かぞくりょこう
例 家族旅行でハワイへ行きました。

全家去了夏威夷旅行。

＿＿＿＿＿＿に行ったことがあります。

曾經去過＿＿＿＿＿＿。

可替換為：

| エッフェル塔 | とう （埃菲爾鐵塔） |
| よこはまちゅうかがい 横浜中華街 | （橫濱中華街） |

ばんり ちょうじょう い
例 万里の長城に行ったことがあ
ります。

我曾經去過萬里長城。

みんなで、＿＿＿＿＿＿に行きましょう。

大家一起去＿＿＿＿＿＿吧。

可替換為：

| キャンプ | （野營） |
| えんそく 遠足 | （遠足） |

うみ い
例 みんなで、海に行きましょう。

大家一起去海邊吧。

情景會話

おの ちゅうごく い
A： 小野さんは中国に行ったこと
がありますか。

さんねんまえ かぞくりょこう
B： はい。3年前に家族旅行で
せいあん い
西安へ行きました。

おの れきし
A： そうですか。小野さんは歴史が
す
好きですよね。

へいばよう そうぞういじょう
B： はい。兵馬俑は想像以上に
すごかったです。

A： 小野你去過中國嗎？

B： 去過。三年前和家人一起去了西安。

A： 是嘛。小野你喜歡歷史是吧。

B： 是的。兵馬俑比我想像的更加宏偉。

21. 願望

🔲 萬能句型　　　　　　　　　　　　mp3 10-021

_____がほしいです。 ●━━━━━━

我想要_____。

可替換為：
こいびと 恋人　　（男/女朋友）

> 例　新しいかばんがほしい
> です。
> 我想要新的包。

_____たいです。 ●━━━━━━

我想要（做）_____。

可替換為：
さしみ　　た 刺身を食べ（吃生魚片）

> 例　新発売のケータイを買
> いたいです。
> 我想買新發售的手機。

_____たらいいな。 ●━━━━━━

要是_____就太好啊。

可替換為：
で あ いい出会いがあっ　（有美好的邂逅）
あした は 明日晴れ　　　　　（明天放晴）

> 例　合格できたらいいな。
> 果能合格就太好了。

_____ないかな。 ●━━━━━━

真希望_____啊。

可替換為：
だれ　てつだ 誰か手伝ってくれ　（誰幫幫我）

> 例　早く夏休みにならない
> かな。
> 真希望快點到暑假啊。

情景會話

A：１週間の休みがほしいです。

B：どこかへ行きたいですか。

A：はい、久しぶりに海外旅行に行きたいです。

B：そうですか。休みが取れたらいいですね。

A：我想要一個禮拜的假期。

B：是想去什麼地方嗎？

A：嗯，想去國外旅行，很久沒去了。

B：這樣啊，能請到假就好了。

22. 夢想

萬能句型

mp3 10-022

私の夢は＿＿＿＿＿になることです。

我的夢想是成為＿＿＿＿＿。

可替換為：
宇宙飛行士 （宇航員）
一人前の （出色的廚師）
料理人

例 私の夢は社長になることです。
我的夢想是當上社長。

＿＿＿＿＿になりたいと思っています。

我想成為＿＿＿＿＿。

可替換為：
歌手 （歌手）
弁護士 （律師）

例 医者になりたいと思っています。
我想成為醫生。

＿＿＿＿＿ように頑張ります。

為＿＿＿＿＿而努力。

可替換為：
オリンピ （能出戰奧運會）
ックに出
場できる

例 将来、パイロットになれるように
頑張ります。

我為將來能成為飛行員而努力。

情景會話

A：中村さんの夢は何ですか。

B：私の夢はカメラマンになることです。池田さんは？

A：私はパイロットになりたいと思います。

B：そうですか。すごいですね。

A：中村你的夢想是什麼？

B：我的夢想是成為一名攝影師。池田你呢？

A：我想當飛行員。

B：是嗎，真厲害呀。

23. 接電話

🖥 萬能句型

もしもし、＿＿＿＿＿ですが。

喂，我 / 這裡是＿＿＿＿ 。

可替換為：
こばやし 小林　　　　　　　　　　（小林）
しょうじ　やまなか みなみ 商 事の山中（南商事的山中）

例 もしもし、山 本ですが。
やまもと

　喂，我是山本。

はい、＿＿＿＿＿です。

你好，我 / 這裡是＿＿＿＿ 。

可替換為：
いとう 伊藤　　　　　　　　　　（伊藤）
やまだ け 山田家　　　　　　　　　（山田家）
かぶしきがい ヤマト株式会社（大和株式會社銷售部）
しゃえいぎょう ぶ 社営 業 部

例 はい、前 田です。
まえだ

　你好，我是前田。

どちら様ですか。
さま

請問是哪位？

例 A：井 上さんですか。
いのうえ

　　是井上嗎？

　　B：はい、井 上ですが、どちら様 ですか。
いのうえ　　　　　　　　　　さま

　　是的，我是井上。請問是哪位？

🖥 情景會話

A：はい、経 済 学部です。
けいざいがくぶ

B：あのう、山田先 生はいますか。
やまだせんせい

A：失 礼ですが、どちら様 ですか。
しつれい　　　　　　　　さま

B：あ、私 、法 学部 3 年生の鈴木です。
わたし　ほうがくぶ さんねんせい　すずき

A：您好，這裡是經濟學部。

B：請問山田老師在嗎？

A：不好意思，請問您是哪位？

B：啊，我是法學部的三年級學
　生，我叫鈴木。

24. 打電話

＿＿＿＿＿＿はいますか。

＿＿＿＿＿＿在嗎？

可替換為：
みほちゃん　　（美穂）

> 例　吉田さんはいますか。吉田先生在嗎？

＿＿＿＿＿＿をお願いします。

我找＿＿＿＿＿＿。

可替換為：
田中部長　（田中部長）
総務部の加　（總務部的
藤さん　　　加藤先生）

> 例　佐藤課長 をお願いします。
>
> 　　我找佐藤課長。

＿＿＿＿＿＿のことですが、＿＿＿＿＿＿。

關於＿＿＿＿＿＿的事情，＿＿＿＿＿＿。

可替換為：
水曜日の打ち合（星期三的洽談）
わせ
できれば時間を　（可以的話，
変更したいんで　　想改時間）
すが
山田さん　　　　　（山田）
３０分遅れて　　（説是晚到
くるそうです　　　30分鐘）

> 例　先生、明日の授 業 のこと
> ですが、風邪で欠 席 します。
>
> 　　老師，因為感冒，明天的課我
> 要請假了。

では、失礼します。

那麼，再見。

> 例　A：また連絡します。再聯絡。
>
> 　　B：はい。では、失礼します。好的。那麼再見了。

A：拓也さんはいますか。

B：すみません、拓也は先ほど出かけました。

A：そうですか。じゃ、またかけます。

B：はい。では、失 礼 します。

A：拓也在嗎？

B：不好意思，拓也他剛出去了。

A：這樣啊。那我再打過來。

B：好的。那麼，再見。

25. 打錯電話

あのう、何番_{なんばん}におかけですか。

請問,您撥哪個號碼?

> 例 A：もしもし、優子_{ゆうこ}さん、明日_{あした}のことですが。
>
> 　　喂,優子,有關明天的事情。
>
> B：あのう、何番_{なんばん}におかけですか。
>
> 　　請問,您撥哪個號碼?

そちらは＿＿＿＿＿＿ではありませんか。

您那裡不是＿＿＿＿＿＿嗎?

> 例 A：そちらは鈴木_{すずき}さんのお宅_{たく}ではありませんか。
>
> 　　您那裡不是鈴木先生家嗎?
>
> B：いいえ、違_{ちが}います。
>
> 　　不,不是。

可替換為：

早川先生_{はやかわせんせい}の研究室_{けんきゅうしつ}（早川老師的研究室）

ヤマト銀行_{ぎんこう}　　　　　（大和銀行）

三井商事営業部_{みついしょうじえいぎょうぶ}（三井商事銷售部）

横浜小学校_{よこはましょうがっこう}　　　（橫濱小學）

南警察署_{みなみけいさつしょ}　　　（南警察局）

番号_{ばんごう}を間違_{まちが}えたようです。

你好像打錯電話了。

> 例 A：番号_{ばんごう}を間違_{まちが}えたようです。
>
> 　　您好像打錯電話了。
>
> B：あ、失礼_{しつれい}しました。
>
> 　　啊,非常抱歉。

情景會話

A： 山田ひろきさんをお願いします。

B： あのう、失礼ですが、何番にお
かけですか。

A： そちらは山田さんのお宅ではあ
りません。

B： いいえ、違います。番号を間違
えたようです。

A： 我找山田弘樹先生。

B： 不好意思，請問您撥的是哪個號碼？

A： 您那邊不是山田先生府上嗎？

B： 不，不是。您好像打錯電話了。

UNIT
10

約定會面

26. 應邀

萬能句型

mp3
10-026

よかったら、一緒に＿＿＿＿＿ませんか。

方便的話，要不要一起＿＿＿＿＿？

可替換為：
一杯やり　　（喝一杯）
食事し　　　（吃飯）

例　よかったら、一緒に飲みに行き
　　ませんか。
　　方便的話，要不要一起去喝一杯？

＿＿＿＿＿んですが、一緒にいかがですか。

＿＿＿＿＿，一起怎麼樣？

可替換為：
みんなでカラ（大家去唱
オケに行く　卡拉OK）
美術展を見　（去看
に行く　　　美術展）

例　これから食事に行くんです
　　が、一緒にいかがですか。
　　我現在要去吃飯，一起怎麼樣？

はい、＿＿＿＿＿ましょう。

好的，＿＿＿＿＿吧。

可替換為：
そうし　　　（那樣做）

例　はい、一緒にカラオケに行きましょう。
　　好的，一起去唱卡拉 OK 吧。

情景會話

A：山本さん、土曜日空いてますか。

B：あ、はい。特に予定はありません。

A：嵐のライブのチケットを 2 枚ゲッ
　　トしたんですが、一緒に見に行き
　　ませんか。

B：あ、いいですね！はい、一緒に行
　　きましょう。

A：山本，你週六有空嗎？

B：啊，有啊，沒什麼特別的安排。

A：我弄到了兩張嵐（arashi）演唱會
　　的票，要不要一起去看？

B：啊，太好了！好的，一起去吧。

27. 婉拒

🔲 萬能句型　mp3 10-027

せっかくですけど、＿＿＿＿＿。

非常難得，但是＿＿＿＿＿。

可替換為：
その時は 出 張（那個時候要出
でアメリカに　差，人在美國）

例 せっかくですけど、その日は 先 約
がありまして。
　　真是非常難得，但那天我事先有約了。

残念ですが、＿＿＿＿＿んです。

真遺憾，＿＿＿＿＿。

可替換為：
忙 しくて行け （太忙去不了）
ない
お正 月は 中 （元旦要回中國）
国に帰る

例 週 末ですか。 残 念 ですが、都
合 が悪いんです。
　　週末啊。真遺憾，我不太方便。

＿＿＿＿＿はちょっと…

＿＿＿＿＿有點（不方便）。

可替換為：
今 週末 （這週末）
ゴールデンウィーク （黃金周）

例 金 曜日の夜はちょっと…
　　星期五晚上有點不太方便。

🔲 情景會話

A： 今度の 週 末、友 だちを呼んで、うち
でバーベキューをやるんですが。

B： そうですか、いいですね。

A： よかったら、 山 口さんもうちに来ません
か。

B： せっかくですけど、今度の 週 末はちょ
っと用事がありまして。

A：這週末，我叫上了朋友，在
家燒烤。

B：這樣啊，真不錯。

A：方便的話，山口你也到我家
來怎麼樣？

B：非常難得，但這週末我有點
事情。

28. 改期

萬能句型

mp3 10-028

_____はどうですか。

_____怎麼樣？

可替換為：
来週 （下周）
3月の中旬ぐらい（3月中旬左右）

例 日曜日はどうですか。

星期天怎麼樣？

_____でもいいですか。

_____也可以嗎？

可替換為：
急ぎじゃなか（不是很急的話，月末）
ったら、月末

例 来週の月曜日でもいい
ですか。

下星期一也可以嗎？

_____なら大丈夫です。

_____的話沒問題。

可替換為：
当日4時以降 （當天4點以後）
次の日 （次日）

例 週末なら大丈夫です。

週末的話沒問題。

情景會話

A：鈴木さんは金曜日はだめですよね。

B：あ、はい。すみません。

A：じゃ、来週の火曜日はどうですか。

B：はい、その日なら大丈夫です。

A：鈴木你是週五不行對吧。

B：啊，是的。不好意思。

A：那麼，下星期二如何呢？

B：可以，那天的話沒問題。

29. 問路

萬能句型　mp3 10-029

あのう、すみませんが。
不好意思，打擾一下。

> 例 A：あのう、すみませんが。
> 　　　不好意思，打擾一下。
> 　　B：はい、何ですか。
> 　　　嗯，什麼事情？

_____へ行きたいんですが。
我想要去_____。

可替換為：
甲子園（こうしえん）（甲子園）
最寄りの駅（もよりのえき）（最近的電車車站）
金閣寺（きんかくじ）（金閣寺）
成田空港（なりたくうこう）（成田機場）
秋葉原（あきはばら）（秋葉原）

> 例 東京ドームへ行きたいんですが。
> 　　我想要去東京巨蛋。

道に迷ってしまいました。
我迷路了。

> 例 すみません、道に迷ってしまいました。ここはどこですか。
> 　　不好意思，我迷路了。這裡是哪裡？

情景會話

A：あのう、すみませんが。
B：はい、何ですか。
A：スカイツリーへ行きたいんですが。
B：スカイツリーならあそこのバスで行けます。

A：不好意思，打擾一下。
B：嗯，什麼事情？
A：我想去晴空塔。
B：晴空塔的話，坐那邊的公交車就可以去。

30. 公共交通

🔲 萬能句型

mp3
10-030

_____はどこにありますか。

_____在哪裡呢？

可替換為：
ちかてつ えき
地下鉄の駅 （地鐵站）

> 例 バス停はどこにありますか。
>
> 公交車站在哪裡呢？

この電車は_____まで行きますか。

這輛電車到_____嗎？

可替換為：
いけぶくろ
池袋 （池袋）
にほんばし
日本橋 （日本橋）

> 例 この電車は渋谷まで行きますか。
>
> 這輛電車到澀谷嗎？

_____への電車はどこで乗りますか。

哪裡可以乘坐到_____的電車？

可替換為：
あさくさ
浅草 （淺草）
ろっぽんぎ
六本木 （六本木）

> 例 新宿への電車はどこで乗りますか。
>
> 哪裡可以乘坐到新宿的電車？

🔲 情景會話

A：あのう、上野公園へ行きたいんですが。

B：あ、はい。ここからはバスでも電車でも行けます。

A：そうですか。バスはどこで乗りますか。

B：あそこです。あそこにバス停があります。

A：請問，我想去上野公園。

B：啊，嗯。從這裡去的話坐公交車、電車都可以。

A：這樣啊。公交車在哪裡坐呢？

B：在那裡。那裡有公交車站。

31. 新幹線

🔲 萬能句型

mp3 10-031

_____までの_____をお願（ねが）いします。←──

我想買到_____的_____。

可替換為：	
福岡（ふくおか）	（福岡）
自由席（じゆうせき）	（自由座）

例　大阪（おおさか）までの指定席（していせき）をお願（ねが）いします。
　　我想買到大阪的指定座的票。

_____発（はつ）_____までお願（ねが）いします。←──

麻煩你，我想買_____出發的到
_____的票。

可替換為：	
明日午前（あしたごぜん）9時（くじ）	（明天上午9點）
長崎（ながさき）	（長崎）
夜（よる）8時（はちじ）	（晚上8點）
名古屋（なごや）	（名古屋）

例　午後（ごご）3時（さんじ）発（はつ）九州（きゅうしゅう）までお願（ねが）いします。
　　麻煩你，我想買下午3點出發到九州的票。

_____までどのぐらいかかりますか。←──

到_____需要多長時間？

可替換為：	
横浜（よこはま）	（橫濱）
札幌（さっぽろ）	（札幌）

例　ここから京都（きょうと）までどのぐらいかかりますか。
　　從這裡到京都要多長時間？

🔲 情景會話

A：すみません、午前（ごぜん）10時（じ）発（はつ）博多（はかた）までお願（ねが）いします。

B：はい。自由席（じゆうせき）と指定席（していせき）と、どちらにしますか。

A：指定席（していせき）でお願（ねが）いします。

B：はい、わかりました。

A：麻煩你，我想買上午10點發車去博多的票。

B：好的。您是要自由座還是指定座呢？

A：我想要指定座。

B：好的，我知道了。

32. 進入餐廳

🔲 萬能句型

いらっしゃいませ。お客様、何名様ですか。

歡迎光臨。客人，請問幾位？

> 例 A：いらっしゃいませ。お客様、何名様ですか。
>
> 　　　歡迎光臨。客人，請問幾位？
>
> 　　B：2人です。
>
> 　　　兩位。

_____席をお願いします。

我想要_____的座位。

> 例 A：窓側の席をお願いします。
>
> 　　　我想要靠窗的座位。
>
> 　　B：はい、わかりました。
>
> 　　　好的，我知道了。

可替換為：

禁煙	（禁煙）
喫煙	（吸煙）
通路側の	（通道邊）
夜景の見える	（看得到夜景）
奥の	（裡面的）

こちらへどうぞ。

這邊請。

> 例 A：4人です。
>
> 　　　我們四個人。
>
> 　　B：はい。こちらへどうぞ。
>
> 　　　好的。這邊請。

情景會話

A：いらっしゃいませ。お客様、何名様
　　ですか。

B：2名です。できれば窓側の席をお願い
　　したいんですが。

A：はい、わかりました。こちらへどうぞ。

B：どうも。

A：歡迎光臨。客人，請問幾位？

B：兩位。可以的話我們想要靠
　　窗的位置。

A：好的，我知道了。這邊請。

B：謝謝。

33. 點餐

萬能句型

mp3 10-033

すみません、メニューを見せてください。

不好意思，請給我看一下菜單。

> 例 A：すみません、メニューを見せてください。
>
> 　　　不好意思，請給我看一下菜單。
>
> 　　B：はい、どうぞ。
>
> 　　　好的，請。

おすすめ料理は何ですか。

推薦菜是什麼？

> 例 A：おすすめ料理は何ですか。
>
> 　　　推薦菜是什麼？
>
> 　　B：当店のおすすめは季節のてんぷらです。
>
> 　　　本店的推薦菜是當季鮮蔬天婦羅。

＿＿＿＿＿と＿＿＿＿＿をお願いします。

我想要＿＿＿＿和＿＿＿＿。

可替換為：	
牛丼	（牛肉飯）
野菜スープ	（蔬菜湯）
カレーライス	（咖哩飯）
コーヒー	（咖啡）
ハンバーグ定食	（漢堡牛肉餅套餐）
焼きギョーザ	（煎餃）
お子様セット	（兒童套餐）
オレンジジュース	（橙汁）
日替わり定食	（每日套餐）
アイスクリーム	（冰激凌）

> 例 ラーメンセットとチキンフライをお願いします。
>
> 　　我想要拉麵套餐和炸雞。

情景會話

A： ご注文はお決まりですか。

B： ええと、僕は豚カツカレーで、愛子は？

C： 私はうどんと野菜サラダをお願いします。

A： はい、わかりました。少々お待ちください。

A： 請問可以點了嗎？

B： 嗯，我要炸豬排咖喱飯，愛子你呢？

C： 我想要烏冬面和蔬菜沙拉。

A： 好的，我知道了。請稍等一下。

34. 用餐

萬能句型

10-034

これは＿＿＿＿です。

這個＿＿＿＿。

可替換為：	
酸っぱい	（酸）
塩辛い	（鹹）

例 これはちょっと辛いです。

這個稍微有點辣。

この料理は、＿＿＿＿おいしいです。

這道菜，＿＿＿＿的，很好吃。

可替換為：	
新鮮で	（新鮮）

例 この料理は、すっぱくて甘くておいしいです。

這道菜，酸酸甜甜的，很好吃。

＿＿＿＿を食べるのは初めてです。

我是第一次吃＿＿＿＿。

可替換為：	
馬の刺身	（馬肉刺身）
納豆	（納豆）

例 お好み焼きを食べるのは初めてです。

我是第一次吃什錦煎餅。

情景會話

A：えー、日本ではこれが普通のギョーザですか。

B：はい、焼きギョーザが普通ですね。お味はどうですか。

A：皮はパリパリ、中はジューシーでとてもおいしいです。中国では水ギョーザが普通ですよ。

B：ああ、そうですか。

A：咦，在日本這個是通常所說的餃子嗎？

B：是的，通常都是煎餃。味道如何？

A：外皮脆脆的，裡面多汁，非常好吃。在中國通常是吃水餃。

B：啊，是這樣啊。

35. 餐間

mp3 10-035

すみません、＿＿＿＿＿はまだですか。

不好意思，＿＿＿＿＿還沒好嗎？

可替換為：

焼きそば	（炒蕎麥面）
石焼ビビンバ	（石鍋飯）

例 すみません、サラダはまだですか。
　　不好意思，沙拉還沒好嗎？

＿＿＿＿＿を追加でお願いします。

我要再點一道＿＿＿＿＿。

可替換為：

アイスコーヒー	（冰咖啡）
ご飯	（米飯）

例 デザートを追加でお願いします。
　　我要再加一道甜點。

すみません、＿＿＿＿＿をください。

麻煩你，請給我＿＿＿＿＿。

可替換為：

氷	（冰塊）
醤油	（醤油）

例 すみません、お水をください。
　　麻煩你，請給我水。

情景會話

A：あのう、チャーハンはまだですか。

B：すみません、もうすぐだと思います。

A：あと、お水をもう 1 杯ください。

B：はい、わかりました。

A：請問，炒飯還沒好嗎？

B：不好意思，我想就快好了。

A：還有，再給我一杯水。

B：好的，我知道了。

UNIT
13

在外購物

36. 挑選商品

mp3 10-036

🔲 萬能句型

_____を見せてください。

請給我看看_____。

> 例　その赤い帽子を見せてください。
> 請給我看看那頂紅色的帽子。

可替換為：

その腕時計	（那塊手錶）
そのネックレス	（那條項鍊）
その一眼レフ	（那架單反相機）
カメラ	

試着してもいいですか。

可以試穿嗎？

> 例　A：これ、試着してもいいですか。
> 　　　我可以試穿一下這個嗎？
>
> 　　　B：はい、どうぞ。
> 　　　好的，請。

この_____はちょっと_____です。

這個_____有點_____。

> 例　このサイズはちょっときついです。
> 這個碼有點緊。

可替換為：

色	（顏色）
派手	（花哨）
ゲーム機	（遊戲機）
高い	（貴）

🔲 情景會話

A：すみません、そのバッグを見せてください。

B：はい、どうぞ。こちらはこの夏の新作です。

A：このサイズはちょっと大きいですね。

B：そうですか。もう少し小さいサイズもありますよ。

A：麻煩你，我想看一下那個包。

B：好的，給。這個包包是今夏新品。

A：這個尺寸有點大了吧。

B：是嗎。也有尺寸稍微小一點的。

37. 折扣議價

萬能句型　mp3 10-037

割引_{わりびき}はありますか。

有折扣嗎？

例　A：割引_{わりびき}はありますか。

有折扣嗎？

B：はい、今_{いま}はセール期間中_{きかんちゅう}で、全品2割引_{ぜんぴんにわりびき}です。

有，現在正好在打折，全部商品八折。

_____買_かったら、値引_{ねび}きできますか。

買_____的話，能打折嗎？

例　A：二_{ふた}つ買_かったら、値引_{ねび}き

できますか。

買兩個的話，能打折嗎？

B：はい、二_{ふた}つ以上_{いじょう}でし

たら10％_{じゅっパーセント}オフに

なります。

是的，購買兩個以上打

九折。

可替換為：

もう1個_{いっこ}	（再買一個）
複数_{ふくすう}	（多個）
ペアで	（成對）
3枚以上_{さんまいいじょう}	（三件以上）
定価5,000円_{ていかごせんえん}	（定價5 000日元
以上_{いじょう}	以上）

もう少_{すこ}し安_{やす}くなりませんか。

能不能再稍微便宜一點？

例　A：もう少_{すこ}し安_{やす}くなりませんか。

能不能再稍微便宜一點？

B：すみません、これ以上_{いじょう}はちょっと。

對不起，不能再便宜了。

37. 折扣議價

萬能句型　mp3 10-037

割引（わりびき）はありますか。

有折扣嗎？

例　A：割引（わりびき）はありますか。

有折扣嗎？

B：はい、今（いま）はセール期間中（きかんちゅう）で、全品2割引（ぜんぴんにわりびき）です。

有，現在正好在打折，全部商品八折。

_____買（か）ったら、値引（ねび）きできますか。

買_____的話，能打折嗎？

例　A：二（ふた）つ買（か）ったら、値引（ねび）き

できますか。

買兩個的話，能打折嗎？

B：はい、二（ふた）つ以上（いじょう）でし

たら10％（じゅっパーセント）オフに

なります。

是的，購買兩個以上打

九折。

可替換為：

もう1個（いっこ）	（再買一個）
複数（ふくすう）	（多個）
ペアで	（成對）
3枚以上（さんまいいじょう）	（三件以上）
定価5,000円（ていかごせんえん）	（定價5 000日元
以上（いじょう）	以上）

もう少（すこ）し安（やす）くなりませんか。

能不能再稍微便宜一點？

例　A：もう少（すこ）し安（やす）くなりませんか。

能不能再稍微便宜一點？

B：すみません、これ以上（いじょう）はちょっと。

對不起，不能再便宜了。

■ 情景會話

A： 割引はありますか。

B： はい。今はキャンペーン 中 で、2
　　割引になっています。

A： ええと、3 個買ったら、もっと安
　　くなりませんか。

B： すみません、これ以 上 はちょっと。

A： 有折扣嗎？

B： 有。現在正在做活動，打八折。

A： 那我買三個的話，能再便宜些嗎？

B： 對不起，沒法再便宜了。

38. 購買

mp3 10-038

萬能句型

_____をください。

請給我_____。

可替換為：

そのお菓子セット	（那個點心套裝）
最新型の電子辞書	（最新款的電子詞典）

> 例 これと同じものをください。
>
> 　 請給我跟這個一樣的。

全部でいくらですか。

總共多少錢？

> 例 A：全部でいくらですか。
>
> 　 　 總共多少錢？
>
> 　 B：5,800円になります。
>
> 　 　 一共5800日元。

_____で払います。

我用_____支付。

可替換為：

現金	（現金）
クレジットカード	（信用卡）
小切手	（支票）

> 例 カードで払います。
>
> 　 我刷卡。

情景會話

A：この赤いのと黒いのを、1枚ずつお願いします。

B：はい、わかりました。

A：全部でいくらですか。

B：税込みで1,080円になります。

A：這個紅色的和黑色的，我各要一件。

B：好的，我知道了。

A：總共多少錢？

B：含稅1080日元。

333

39. 退換貨

mp3 10-039

🔲 萬能句型

ここで買った＿＿＿＿が＿＿＿＿。
在這裡買的＿＿＿＿，＿＿＿＿。

可替換為：
ドライヤー　　　（吹風機）
故障しています　（壞了）

セーター　　　　（毛衣）
色落ちしています（掉色了）

例　昨日ここで買ったおもちゃが
　　壊れています。
　　我昨天在這裡買的玩具壞了。

＿＿＿＿を取り替えてくれませんか。
能幫我換＿＿＿＿嗎？

可替換為：
このコート　　　（這件大衣）
このネクタイ　　（這條領帶）
このTシャツ　　（這件T恤）

例　このスカートを取り替えてくれ
　　ませんか。
　　能幫我換這條裙子嗎？

返品したいです。
我想退貨。

例　A：返品したいです。
　　　　我想退貨。

　　B：はい。レシートを見せてください。
　　　　好的。請給我看一下購物小票。

🔲 情景會話

A：これ、先日ここで買ったTシャツで
　　すが。

B：あ、はい。

A：色落ちが激しくて、返品したいです。

B：そうですか。ちょっと見せてください。

A：這是前幾天在這裡買到T恤。

B：啊，有什麼問題嗎？

A：掉色非常嚴重，我想退貨。

B：這樣啊。請讓我看一下。

40. 預訂

萬能句型

mp3
10-040

_____の_____を予約したいのですが。

我想預訂_____的_____ 。

可替換為：	
4 月 9 日	（4月9號）
ツインルーム	（雙人房）
8 月 8 日	（8月8號）
和室一つ	（一間日式房間）

例 6 月 20 日のシングルルームを予約
　したいのですが。
　我想預訂 6 月 20 號的單人房。

_____から_____まで_____です。

從_____開始到_____為止住_____ 。

可替換為：	
来月 1 日	（下個月1號）
6 日	（6號）
5 泊	（五晚）
2 4 日	（24號）
2 8 日	（28號）
4 泊	（四晚）

例 A：お客様、何日間お泊りですか。
　　　客人，您入住多長時間呢？
　　B：1 1 日から 15 日まで 4 泊です。
　　　從 11 號到 15 號，住四晚。

_____部屋はありますか。

有_____房間嗎？

可替換為：	
喫煙の	（可以吸煙的）
日当たりの	（向陽的）
いい	

例 海が見える部屋はありますか。
　有海景房嗎？

情景會話

A：はい、プリンスホテルです。
B：あのう、7 月 10 日からツインルーム一
　　つ、予約したいんですが。
A：はい。お客様、何日間お泊りですか。
B：10 日から 1 3 日までの 3 泊でお
　　願いします。

A：你好，這裡是王子飯店。
B：那個，我想預訂一間雙人
　　房，7 月 10 號入住。
A：好的。請問客人您住多長時
　　間呢？
B：從 10 號到 13 號，住三晚。

41. 入住

□ 萬能句型

mp3 10-041

チェックインをお願いします。

麻煩你，我要辦理入住。

> 例 A：いらっしゃいませ。
>
> 歡迎光臨。
>
> B：こんにちは。チェックインをお願いします。
>
> 你好。麻煩你，我要辦理入住。

ご予約のお客様ですか。

請問客人您有預訂嗎？

> 例 A：ご予約のお客様ですか。
>
> 請問客人您有預訂嗎？
>
> B：はい、先日電話で予約した佐藤です。
>
> 是的，我是前幾天通過電話預訂的佐藤。

予約はしていませんが、＿＿＿＿＿＿。

我沒有預訂，＿＿＿＿＿＿。

> 例 予約はしていませんが、今からチェックインできますか。
>
> 我沒有預訂，現在辦理入住可以嗎？

可替換為：	
空いている部屋が	（有空著的房間嗎）
あります	
空室はまだありま	（還有空房嗎）
すか	
今からチェックイ	（現在辦理入住
ンしてもいいですか	可以嗎）
大丈夫ですか	（沒問題嗎）
泊まれますか	（可以入住嗎）

チェックアウトは何時までですか。

退房時間是到幾點為止的？

> 例　A：チェックアウトは何時までですか。
>
> 　　　退房時間是到幾點為止的？
>
> 　　B：最終日の12時までお願いします。
>
> 　　　麻煩您在最後一天的 12 點之前辦理退房。

情景會話

A：チェックインをお願いします。

B：はい。ご予約のお客様ですか。

A：いいえ、予約はしていませんが、今
　からチェックインできますか。

B：申し訳ありません、ただいま満室
　になっています。

A：麻煩你，我要辦理入住。

B：好的。請問客人您有預訂嗎？

A：沒有，我沒有預訂。現在可以辦理
　入住嗎？

B：非常抱歉，現在房間已經滿了。

42. 退房

萬能句型

チェックアウトしたいんですが。

我想要辦理退房。

> 例 A：チェックアウトしたいんですが。 我想要辦理退房。
>
> B：はい、ルームカードをお願いします。 好的，麻煩您給我房卡。

_____は使っていません。

我沒有用_____。

> 例 部屋の電話は使っていません。
>
> 我沒有用房間內的電話。

可替換為：

食事券	（餐券）
インターネット	（網絡）
ルームサービス	（客房服務）
有料チャンネル	（收費電視）
有料の洗面用具	（收費的洗浴用品）
ミニバー	（酒店客房一角, 放置有酒精性飲料）

超過料金はいくらですか。

超時是怎麼收費的？

> 例 A：超過料金はいくらですか。
>
> 超時是怎麼收費的？
>
> B：３０分以内では無料です。
>
> 30分鐘以內不收費。

情景會話

A：チェックアウトをお願いします。

B：はい、ルームカードをお願いします。

A：お客様、チェックアウトは１２時までですので、１時間の超過料金をいただきますが。

B：あっ、そうですか、いいですよ。

A：麻煩你，我要辦理退房。

B：好的，麻煩您給我房卡。

A：這位客人，因為退房是到12 點為止的，所以我們需要收 取1個小時的超時費用。

B：啊，這樣啊。好吧。

43. 丟失物品

萬能句型

mp3
10-043

_____が見つかりません。

找不到_____。

可替換為：
かぎ
鍵　　　　　　　（鑰匙）
ルームカード　　（房卡）

例 財布が見つかりません。
　 找不到錢包。

_____をなくしてしまいました。

把_____弄丟了。

可替換為：
ゆびわ
指輪　　　　　　（戒指）
だいじ　しょるい
大事な書類　（重要的文件）

例 パスポートをなくしてしまいました。
　 把護照弄丟了。

_____を盗まれました。

_____被偷了。

可替換為：
げんきん
現金　　　　　　（現金）

例 かばんを盗まれました。
　 包被偷了。

情景會話

A：あれ、財布が見つかりません。

B：かばんの中、ちゃんと探しましたか。

A：はい、どこにもないんです。さっき、バス
　 の中で、盗まれたかもしれません。

B：えー、すぐ交番に行きましょう。

A：咦，錢包找不到。

B：包裡面好好找過了嗎？

A：找過了，哪兒都沒有。說不
　 定剛才在公交車上被偷了。

B：啊，那馬上去警亭吧。

44. 受傷

萬能句型

_____しました。

_____（傷）了。

可替換為：
こっせつ 骨折 （骨折）
ねんざ 捻挫 （扭傷）

例 やけどしました。燙傷了。

_____に怪我をしました。

_____受傷了。

可替換為：
うで 腕 （胳膊）
みぎて 右手 （右手）

例 足に怪我をしました。腳受傷了。

_____に遭いました。

遭遇了_____。

可替換為：
すり （扒手）
ごうとう 強盗 （強盗）

例 交通事故に遭いました。
遭遇了交通事故。

救急車を呼んでください。
請叫救護車。

例 A：救急車を呼んでください。請叫救護車。
　　B：はい、すぐ電話します。好的，我馬上打電話。

情景會話

A：あのう、大丈夫ですか。

B：階段で転んで、足に怪我をしました。

A：立てますか？ 救急車を呼びましょうか。

B：はい、お願いします。

A：請問，你沒事吧？

B：我在樓梯上摔了一跤，腳受傷了。

A：能站起來嗎？我幫你叫救護車吧。

B：好的，麻煩你了。

45. 醫院就診

萬能句型

mp3
10-045

どこか悪いですか。

哪裡不舒服嗎？

例 A：どこか悪いですか。

哪裡不舒服嗎？

B：はい、昨日からせきが出ます。

是的，我從昨天開始咳嗽。

_____がします。・——

覺得_____。

可替換為：
吐き気　（噁心，想嘔吐）
耳鳴り　　　　（耳鳴）

例 A：どうしました？

怎麼了？

B：頭痛とめまいがします。

我覺得頭痛和頭暈。

_____です。・——

是_____。

可替換為：
低血圧　　　（低血壓）
花粉症　　　（花粉過敏）
軽い胃潰瘍（輕度胃潰瘍）

例 ただの風邪です。

是一般的感冒。

お大事に。

請保重。

例 A：では、お大事に。

那麼，請你保重。

B：先生、ありがとうございました。

謝謝醫生。

🔲 情景會話

A： 先生、体がだるくて、熱もあります。

B： いつからですか。

A： 夕べからです。

B： 風邪のようですね。薬を飲んで休んでください。

A： 醫生，我覺得渾身無力，而且還發燒。

B： 從什麼時候開始的？

A： 從昨晚開始的。

B： 好像是感冒了。請吃藥多休息。

46. 藥店買藥

mp3 10-046

🔲 萬能句型

しょほうせん　み
処方箋を見せてください。

請給我看處方。

> 例 A：処方箋を見せてください。
>
> 　　　請給我看處方。
>
> 　　B：はい、お願いします。
>
> 　　　好的，麻煩你了。

いちにち　　　　　かい　　　　　　　　の
1日＿＿＿＿回＿＿＿＿に飲んでください。

一天＿＿＿＿次，＿＿＿＿服用。

可替換為：
に 2　　　　　（兩） しょくぜん 食前　　　（餐前） いっ 1　　　　　（一） しゅうしんまえ 就寝前（睡覺前）

> 例 いちにちさんかいしょくご の
> 　 1日3回食後に飲んでください。
>
> 　　一天三次，請餐後服用。

＿＿＿＿てはいけません。

不可以＿＿＿＿。

可替換為：
す タバコを吸っ　　　（吸煙） から もの た 辛い物を食べ（吃辛辣食物） ふろ はい お風呂に入っ　　（洗澡）

> 例 さけ の
> 　 お酒を飲んではいけません。
>
> 　　不可以喝酒。

🔲 情景會話

A：しょほうせん　み
　 処方箋を見せてください。

B：はい、どうぞ。

A：はい、こちらお薬です。1日2回
　　しょくじ　まえ　の
　 食事の前に飲んでください。

B：はい、ありがとうございました。

A：請給我看處方。

B：好的，給你。

A：給，這是藥。每天兩次，請
　　飯前服用。

B：好的，謝謝你。

47. 探病

mp3
10-047

□ 萬能句型

お体の具合はどうですか。
身體怎麼樣了？

例　A：お体の具合はどうですか。
　　　　您身體怎麼樣了？
　　　B：おかげ様で、だいぶよくなりました。
　　　　托您的福，已經好多了。

_____ほうがいいですね。←
_____比較好啊。

可替換為：
手術を受けた　　（做手術）
ゆっくり休養（慢慢休養）
をとった

例　しばらく休んだほうがいいですね。
　　　休息一段時間比較好啊。

早く_____ように。←
祝你早日_____。

可替換為：
よくなります　　　（好轉）
回復できます　　　（康復）
職場に復帰で（重回職場）
きます

例　早く元気になりますように。
　　　祝你早日康復。

□ 情景會話

A：気分はどうですか。
B：おかげ様で、だいぶよくなりました。
A：それはよかったですね。
B：はい。来週には退院できるそうです。

A：你感覺怎麼樣？
B：托你的福，好多了。
A：那就太好了。
B：嗯。説是下周就能出院了。

48. 個人介紹

萬能句型

mp3
10-048

しゅっしんこう
出身校は＿＿＿＿＿です。

畢業學校是＿＿＿＿＿。

可替換為：
けいおうだいがく 慶応大学　（慶應大學）

しゅっしんこう　とうきょうだいがく
例　出身校は東京大学です。

畢業學校是東京大學。

せんこう
専攻は＿＿＿＿＿です。

專業是＿＿＿＿＿。

可替換為：
えいご 英語　　　　　（英語） けんちく 建築　　　　　（建築）

せんこう　けいざいがく
例　専攻は経済学です。

專業是經濟學。

そつぎょう
＿＿＿＿＿に＿＿＿＿＿を卒業しました。

於＿＿＿＿＿從＿＿＿＿＿畢業。

可替換為：
にせんじゅうねん ２０１０年　　　　（2010 年） わせだだい 早稲田大　（早稻田學醫學部） がくいがくぶ 学医学部
にせんじゅうにねん ２０１２年　　　　（2012 年） とうきょうだいがく 東京大学（東京大學法學部） ほうがくぶ 法学部

にせんはちねん　とうきょうだいがく　そつ
例　２００８年に東京大学を卒
ぎょう
　　業しました。

於 2008 年從東京大學畢業。

情景會話

おう　　　　　しゅっしんこう
A：王さんの出身校はどこですか。
とうきょうだいがく
B：東京大学です。

A：すごいですね。専攻は日本語ですか。
せんこう　けいざいがく　　にほんご
B：いいえ。専攻は経済学です。日本語
じぶん　べんきょう
　　は自分で勉強しました。

A：小王你是哪個學校畢業的？

B：東京大學。

A：真厲害啊。專業是日語嗎？

B：不是。我的專業是經濟學。日
　　語是自學的。

49. 描述能力

萬能句型

mp3
10-049

_____の経験^{けいけん}があります。

有_____的經驗。

> **可替換為：**
> 中国語教師^{ちゅうごくごきょうし}　（漢語教師）
> 秘書^{ひしょ}　　　　　（秘書）

> **例** 営業^{えいぎょう} の 経験^{けいけん} があります。
> 我有銷售經驗。

_____の資格^{しかく}を持^もっています。

有_____的資格證書。

> **可替換為：**
> 税理士^{ぜいりし}　　　　（稅務師）
> パソコン 1 級^{いっきゅう}　（電腦一級）

> **例** 教員^{きょういん} の資格^{しかく}を持^もっています。
> 我有教師資格證。

_____のほかに、_____もできます。

除了_____，還會_____。

> **可替換為：**
> 翻訳^{ほんやく}　（筆譯）
> 通訳^{つうやく}　（口譯）

> **例** 日本語^{にほんご}のほかに、フランス語^ごも
> できます。
> 除了日語，還會法語。

情景會話

A： 営業^{えいぎょう} の経験^{けいけん}がありますか。

B： あ、はい。前^{まえ}の会社^{かいしゃ}で 3 年間^{さんねんかん}営業職^{えいぎょうしょく} として頑張^{がんば}りました。

A： そうですか。ほかに、どんな資格^{しかく}をお持^もちですか。

B： 簿記^{ぼき} 2 級^{にきゅう} の資格^{しかく}を持^もっています。

A： 你有銷售經驗嗎？

B： 嗯，有。在之前的公司我做了三年的銷售工作。

A： 這樣啊。那你還有其他什麼證書嗎？

B： 我有會計二級證書。

50. 融入環境

萬能句型

10-050

これからお世話になります。

今後要給您添麻煩了。

> 例 A：これからお世話になります。よろしくお願いします。
>
> 　　　今後要給您添麻煩了。請多多關照。
>
> 　　B：こちらこそよろしくお願いします。我才要請你多多關照。

今日から、_____に配属になりました。

從今天開始，被分配到_____。

> 例 今日から、営業 1 課に配属になりました。從今天開始被分配到銷售一科。

可替換為：

総務部	（總務部）
人事課	（人事科）
業務部生	（業務部生產科）
産課	

仕事の内容は_____です。

工作內容是_____。

> 例 仕事の内容は受注管理です。
>
> 　　工作內容是訂單管理。

可替換為：

お客様のクレームに対応すること	（應對顧客的投訴）
派遣社員を指導すること	（指導派遣員工）

情景會話

A：紹介します。こちらは新人の佐藤君です。

B：はい、今日からこちらに配属となりました佐藤一郎と申します。これからお世話になります。どうぞよろしくお願いします。

C：こちらこそよろしくお願いします。

A：池上さん、佐藤君にいろいろ教えてください。

A：我來介紹。這位是新員工佐藤。

B：是的，我是從今天開始分配到這裡的佐藤一郎。今後要給大家添麻煩了。還請多多關照。

C：我們才要請你多多關照。

A：池上，請你多教教佐藤。

51. 歡迎會

🔲 萬能句型

しんにゅうしゃいん
新 入 社員の＿＿＿＿＿に一言お願いします。

請新員工＿＿＿＿＿來講兩句。

可替換為：
きむら 木村さん　（木村先生）

例　新 入 社員の大谷さんに一言お願い
　　します。請新員工大谷來講兩句。

＿＿＿＿＿に 就 職 できて、本当にうれしいです。

能進入＿＿＿＿＿工作，我真的非常開心。

可替換為：
エービーシーほう ＡＢＣ法　（ABC律師 りつじむしょ 律事務所　　事務所）

例　東 洋 商 事に 就 職 でき
　　て、本 当にうれしいです。能進
　　入東洋商事工作，我真的非常開心。

＿＿＿＿＿よう、一 生 懸命頑張りますので、
どうぞよろしくお願いします。

為了＿＿＿＿＿，我會拼命努力，還請多多關照。

可替換為：
みな 皆さんのお　（能幫上大 やくたた 役に立てる　　家的忙）
みな 皆さんにご　（不給大家 めいわく 迷惑をか　　添麻煩） けない
かいしゃこう 会社の貢　（為公司 けん 献できる　　作出貢獻）

例　早く仕事に慣れるよう、一 生 懸命頑張りま
　　すので、どうぞよろしくお願いします。我
　　會努力儘早適應工作，還請多多關照。

🔲 情景會話

A：新 入 社員の大 塚さんに一 言お願
　　いします。

B：はい。えーと、東 洋 商 事に 就 職 で
　　きて、本 当にうれしいです。えーと…。

A：大 塚さん、そんなに緊 張 しなくてもい
　　いですよ。

B：あ、はい、すみません。ご 迷 惑をかけるこ
　　とも多いと思いますが、一 生 懸命
　　頑張りますので、皆さんどうぞよろしくお
　　願いします。

A：請新員工大塚來講兩句。

B：好的。能進入東洋商事工作，我
　　真的非常開心。那個……

A：大塚，不用那麼緊張。

B：啊，好的，不好意思。我想會給
　　大家添不少麻煩，我會拼命努力
　　的，所以還請大家多多關照。

52. 談論職業

萬能句型

mp3
10-052

どんな仕事をしていますか。

你從事什麼工作？

> 例 A：どんな仕事をしていますか。
>
> 你從事什麼工作？
>
> B：弁護士をやっています。
>
> 我是律師。

＿＿＿＿＿＿に勤めています。

我在＿＿＿＿＿上班。

可替換為：

貿易会社	（貿易公司）
食品メーカー	（食品製造商）
市役所	（市政府）

> 例 保険会社に勤めています。
>
> 我在保險公司上班。

＿＿＿＿＿＿で働いています。

我在＿＿＿＿＿工作。

可替換為：

証券会社	（證券公司）
図書館	（圖書館）

> 例 消防署で働いています。
>
> 我在消防局工作。

情景會話

A：どんな仕事をしていますか。

B：日本語教師をやっています。

A：どこに勤めていますか。

B：東京日本語学校で働いています。

A：你從事什麼工作？

B：我是日語教師。

A：你在哪裡上班？

B：我在東京日語學校上班。

53. 談論工作情況

 萬能句型

mp3
10-053

_____には慣^なれましたか。

你習慣_____了嗎？

可替換為：
新^{あたら}しい環境^{かんきょう}	（新環境）
新^{あたら}しい部署^{ぶしょ}	（新部門）
新^{あたら}しい会社^{かいしゃ}	（新公司的工作）
の仕事^{しごと}	
経理^{けいり}の仕事^{しごと}	（會計工作）
秘書^{ひしょ}の仕事^{しごと}	（秘書的工作）

例　新^{あたら}しい仕事^{しごと}には慣^なれましたか。
　　你習慣新工作了嗎？

最近^{さいきん}、どうですか。

最近怎麼樣？

例　A：最近^{さいきん}、どうですか。
　　　　最近怎麼樣？
　　B：出張^{しゅっちょう}が多^{おお}くて大変^{たいへん}です。
　　　　經常出差，挺累的。

残業^{ざんぎょう}は多^{おお}いですか。

加班多嗎？

例　A：残業^{ざんぎょう}は多^{おお}いですか。
　　　　加班多嗎？
　　B：はい、たまに休日出勤^{きゅうじつしゅっきん}もありますね。
　　　　嗯，偶爾休息天也會上班。

情景會話

A：山田^{やまだ}さん、最近^{さいきん}忙^{いそが}しいですか。
B：はい、そろそろ年末^{ねんまつ}ですしね。
A：出張^{しゅっちょう}も多^{おお}いですか。
B：出張^{しゅっちょう}は以前^{いぜん}より少^{すく}なくなりました。

A：山田，你最近忙嗎？
B：嗯，因為馬上就要年底了啊。
A：也經常出差嗎？
B：出差比以前少了。

54. 遲到請假

萬能句型

mp3
10-054

すみません、＿＿＿＿＿で＿＿＿＿ほど遅くなります。

不好意思，因為＿＿＿＿遲到＿＿＿＿。

例 すみません、渋滞で１０分ほど遅くなります。

不好意思，因為堵車我會遲到 10 分鐘左右。

可替換為：

電車の人（電車的人身事故）	
身事故	
３０分	（30 分鐘）
飛行機の	（飛機延誤）
ディレー	
３時間	（3 個小時）

遅くなって申し訳ありません。

非常抱歉我遲到了。

例 A：課長、遅くなって申し訳ありません。

課長，我遲到了，非常抱歉。

B：今後は気をつけてください。

今後請注意。

＿＿＿＿＿、有休をとってもいいですか。

＿＿＿＿＿，我可以帶薪休假嗎？

例 １０月１０日から１３日まで、有休をとってもいいですか。

10 月 10 日到 13 日，我可以請帶薪假嗎？

可替換為：

明日から	（明天開始兩天）
２日間	
来週丸	（下週一整周）
１週間	

_____、_____ため、お休みをいただきたいのですが、よろしい
でしょうか。

因為_____，_____我想請假，可以嗎？

例 来週 水曜日、健康診
断のため、お休みをいただ
きたいのですが、よろしい
でしょうか。

因為要體檢，下星期三我想
請假，可以嗎？

可替換為：

来週 金曜日　　　　　　（下星期五）
子どもの授業　（孩子學校參觀上課）
参観

🔲 情景會話

A：課長、来週 火曜日、私用でお休
みをいただきたいんですが。

B：来週 火曜日ですか。その日は、午後
2時からA社との打ち合わせがあるん
じゃないですか。

A：あ、それは先方の都合で水曜日に
変更されました。

B：そうですか、じゃ、いいでしょう。

A：課長，下星期二我有點私事想請
假。

B：下星期二啊。那天下午兩點開始
不是要跟A公司洽談嗎？

A：啊，那個因為對方不方便已經改
為星期三了。

B：這樣啊，那可以。

55. 公司訪客

萬能句型

mp3 10-055

＿＿＿＿＿の＿＿＿＿＿と申します。＿＿＿＿＿の＿＿＿＿＿をお願いします。

我是＿＿＿＿＿的＿＿＿＿＿。我找＿＿＿＿＿的＿＿＿＿＿。

例　三井物産の竹中と申します。営
業部の山口課長をお願いします。

我是三井物産的竹中。我找銷售部的山口
課長。

可替換為：

さくら商事	（櫻花商事）
立花	（立花）
営業1課	（營業一科）
鈴木さん	（鈴木先生）
伊藤貿易	（伊藤貿易）
田代	（田代）
広報部	（宣傳部）
桜井部長	（櫻井部長）

どのようなご用件ですか。

您有什麼事情呢？

例　A：どのようなご用件ですか。

　　　您有什麼事情呢？

　　B：新製品の価格についてご相談

　　　があるんですが。

　　　是商討有關新產品的價格。

＿＿＿＿＿へご案内します。

我帶您去＿＿＿＿＿。

可替換為：

会議室	（會議室）
社長室	（社長辦公室）

例　応接室へご案内します。

　　我帶您去接待室。

情景會話

A：さくら商事の武田と申します。営
業部の山本課長をお願いします。

B：失礼ですが、どのようなご用件ですか。

A：あ、新製品の件でご相談がありまして。

B：はい、少々お待ちください。

A：我是櫻花商事的武田。麻煩
你，我找銷售部的山本課長。

B：不好意思，請問您有什麼事
情呢？

A：啊，是商量有關新產品的事宜。

B：好的，請稍等。

56. 機場接機

🔲 萬能句型　　　　　　　　　　　　mp3 10-056

＿＿＿＿＿の＿＿＿＿＿様^{さま}ですか。◀━━━

是＿＿＿＿＿的＿＿＿＿＿先生嗎？

可替換為：
大阪支社^{おおさかししゃ}　（大阪分公司） 本多^{ほんだ}　　　　　（本多） アメリカ本社^{ほんしゃ}（美國總公司） ジョン　　　　（約翰）

> 例　東^{とう}京^{きょう}本^{ほん}社^{しゃ}の小^こ泉^{いずみ}様^{さま}ですか。
> 是東京總公司的小泉先生嗎？

ようこそ＿＿＿＿＿へお越^こしくださいました。◀━━

歡迎您來到＿＿＿＿＿。

可替換為：
大連^{ダイレン}　　　　　（大連）

> 例　ようこそ上^{シャンハイ}海へお越^こしください
> ました。
> 歡迎您來到上海。

＿＿＿＿＿でお疲^{つか}れでしょう。◀━━━

想必您因＿＿＿＿＿累了吧。

可替換為：
長^{ちょう}時間の移^{いどう}動　（長途跋涉） 長^{なが}いフライト　（長時間飛行）

> 例　長^{ながたび}旅でお疲^{つか}れでしょう。
> 想必您因為長途旅行累了吧。

🔲 情景會話

A：あのう、東^{とうきょう}京本社の小^{こいずみ}泉様ですか。

B：はい、小^{こいずみ}泉です。

A：お迎^{むか}えにまいりました李^りと申^{もう}します。よう
こそ上^{シャンハイ}海へお越^こしくださいました。

B：ありがとうございます。よろしくお願^{ねが}いし
ます。

A：請問，您是東京總公司的小
泉先生嗎？

B：是的，我是小泉。

A：我是來迎接您的小李。歡迎
您到上海來。

B：謝謝你。麻煩你了。

57. 機場送機

この度はどうもお疲れ様でした。

這次真是辛苦您了。

> 例　A：この度はどうもお疲れ様でした。
>
> 　　　這次真是辛苦您了。
>
> 　　B：大変お世話になりました。
>
> 　　　給你添了不少麻煩。

_____にもよろしくお伝えください。

請代我問候_____。

> 例　本社の皆さんにもよろしくお伝え
>
> 　　ください。
>
> 　　請代我問候總公司的同事們。

可替換為：

ご家族の皆様	（您家人）
社長さん	（社長）
御社の皆様	（貴公司的各位）

_____を楽しみにしています。

我期待_____。

> 例　また会える日を楽しみにしています。
>
> 　　我期待能再次見面。

可替換為：

今度上海で会える日	（下次在上海相見的日子）
プロジェクトの成功	（項目的成功）

A：この度はどうもお疲れ様でした。

B：大変お世話になりました。

A：本社の皆さんにもよろしくお伝えください。

B：ええ。また会える日を楽しみにしています。

A：這次真是辛苦您了。

B：我給您添了不少麻煩。

A：請代我問候總公司的同事們。

B：好的。期待能再次見面。

58. 與會人員

📄 萬能句型

_____は_____で会議に参加できません。

_____因為_____無法參加會議。

可替換為:	
深田さん	（深田）
別件	（別的事情）
内山さん	（內山）
外回り	（外勤）

例　田中課長 は 出 張 中 で会議
に 参加できません。

田中課長因正在出差而無法參加會議。

_____のかわりに会議に出ます。

代替_____出席會議。

可替換為:
入 院 中 （正在住院 の田中さん　的田中）

例　私 が 水 原さんのかわりに 会 議に
出ます。

由我代替水原出席會議。

_____を含めて、_____人出席します。

包括_____在內，有_____人出席。

可替換為:	
社 長	（社長）
9	（9）

例　部 長 を含めて、今 回 の会議には
10 人 出 席します。

包括部長在內，有十個人出席本次
會議。

_____は 必 ず 出 席しなければなりません。

_____必須出席（會議）。

可替換為:	
各部門の	（各部門的
担当者	負責人）

例　各支店 長 は 必 ず 出 席しなけ
ればなりません。

各分店店長必須出席（會議）。

情景會話

A： 来週の部内会議の出席者
数は？

B： 部長を含めて、１５人です。

A： 営業１課の田中課長は確
か出張中ですよね。

B： はい、大原さんが代理で出席
します。

A：下周的部門會議有多少人參加？

B：包括部長在內，有15人。

A：銷售一科的田中課長好像是在出
差吧。

B：是的，由大原代理出席。

59. 會議準備

萬能句型 mp3 10-059

かいぎしつ よやく と
会議室の予約を取りました。
預約了會議室。

> 例 A：明日の会議の準備はできましたか。
>
> 明天會議的準備工作做好了嗎？
>
> B：あ、はい。先ほど会議室の予約を取りました。
>
> 啊，是的。剛才預約了會議室。

かいぎ しりょう
会議の資料をコピーしておきました。
複印好了會議資料。

> 例 会議の資料をコピーしておきました。12部でよろしいですよね。
>
> 我複印好了會議資料。12 份就可以了，是吧。

_____を知らせるメールを全員に送付しました。
我向全體人員發送了通知_____的郵件。

> 例 議題を知らせるメールを全員に送付しました。
>
> 我向全體人員發送了通知會議議題的郵件。

可替換為：

会議の時間と場所	（會議的時間和地點）
会議で解決したい問題点	（會上想要解決的問題）
会議の変更	（會議的變更）

_____の件ですが、_____から_____で開

くことになりました。

關於_____，決定從_____開始在_____召開。

例 部内会議の件ですが、明日
午後3時から第1会議
室で開くことになりました。

關於部門會議，決定明天下午
3點開始在第一會議室召開。

可替換為：

営業会議　　　　　　（銷售會議）
来週月曜日午前（下星期一上午
10時　　　　　　　　十點）
本社　　　　　　　　（總公司）
企画会議　　　　　　（企劃會議）
10日の午後1時（10號下午1點）
第3会議室　　　　　（第三會議室）

情景會話

A：田中君、代理店会議の準備はどう？

B：はい、会議室の予約と当日のお弁当
の手配はオッケーです。

A：会議の資料は？

B：これからコピーをとって、今日中に終わ
る予定です。

A：田中，代理店會議的準備工
作進展如何？

B：嗯，會議室的預約和當天便
當的安排已經OK了。

A：會議的資料呢？

B：我馬上就去複印，計劃今天
內完成。

60. 會議內容

_____の件で_____会議を開きます。

圍繞_____召開_____會議。

可替換為：
代理店 （代理店
担当 負責人）
営業 （銷售

例　新製品の件で企画会議を開きます。

召開新產品的企劃會議。

今回は_____について検討したいと思います。

這次想圍繞_____進行討論。

可替換為：
先月の業績 （上個月
的業績）
展示会出展（在展覽會
のこと 上設展位）

例　今回はA社が提示した見積書について検討したいと思います。

這次想圍繞A公司提供的報價進行討論。

可替換為：
新製品のネ （新產品
ーミング 的名稱）
販売ルート（銷售渠道）

_____について、何か提案がありますか。

有關_____，有什麼提議嗎？

例　新製品のパッケージデザインについて、何か提案がありますか。

有關新產品的包裝設計，有什麼提議嗎？

🔲 情景會話

A：では、会議を始めます。まずは本田
　　さん、どうぞ。

B：はい。A、B両社の見積書について検討したいと思います。

A：品質、価格、納期などから総合的に判断して決めましょう。

B：はい、では詳しく見ていきましょう。

A：那麼，會議開始。請本田先來。

B：好的。我想討論一下A、B兩家
　　公司的報價。

A：從品質、價格、交貨期等因素綜
　　合判斷再決定吧。

B：是的，那麼我們來詳細看一下。